KB045841

평생 일하고 싶지 않은
내가, 같은 반
인기 아이돌의
눈에 들면

1

배고픈
미소녀와
반동거
생활
을 시작했습니다.

키시모토 카즈하
일러스트 미와베 사쿠라

미아 / 우가와 미아

'밀피유 스타즈'의 쿨&미스터리어스 담당.
나이에 비해 언동이 성숙하며, 자주 린타로를
놀리면서 즐긴다.

카논 / 히도리 카논

'밀피유 스타즈'의 활기 담당. 자신가인 일면도
있지만, 마이페이스인 레이나 미스터리어스한
미아에게 의외로 휘둘리곤 한다.

레이 / 오토사키 레이

'밀피유 스타즈'의 센터. 몽환적인 분위기의
인기 아이돌. 하지만 린타로 앞에서는
무방비한 일면을 보인다.

일러스트 — 미와베 사쿠라

CONTENTS

일러스트/미와베 사쿠라
I don't want to work for the rest of my life,
but my classmates' popular idol get familiar with me.

리듬감 있게 채소를 써는 기분 좋은 소리가 부엌에 울려 퍼진다.

문득 고개를 들자 거실에 놓인 소파에 앉아있는 금발 소녀의 모습이 보였다.

내가 보고 있다는 걸 알아차린 건지 그녀는 이쪽으로 고개를 돌리고 고개를 갸웃거렸다.

"왜 그래?"

"……아니, 아무것도 아니야."

나는 그녀에게서 시선을 떼고 손으로 되돌렸다.

여기는 틀림없이 내 집이고, 그녀는 틀림없이 내가 초대한 손님이다.

머리로는 그걸 이해하고 있는데, 내 안의 상식이 이 광경을 이상한 것으로 인식하고 있었다.

그 이유는 잘 알고 있다.

애초에 이런 평범한 고등학생의 집에 그녀가 있다는 게 이상하다.

왜냐하면 그녀는, 지금 일본에서 가장 인기 있는 아이돌이니까──.

우리 반에는 요즘 유행하는 인기 아이돌이 소속되어 있다.

그녀의 이름은 오토사키 레이.

외국인의 피가 섞여서 나온 밝은 금발에 고등학생이라고 보이지 않을 만큼 굴곡이 뚜렷한 몸매.

평소에는 표정 변화가 거의 없어 무슨 생각을 하는 건지 알아보기 어렵지만, 무대에 선 그녀의 표정은 보는 사람을 모두 매료해버릴 만큼 매력적이다.

"오토사키! 어제 음악방송 봤어! 신곡 아주 좋더라!"

"고마워. 기뻐."

"오, 오토사키! 사, 사, 사, 사인해주세요!"

"내 사인이라도 괜찮다면."

오늘도 오토사키는 반 아이들에게 둘러싸여 있다.

2년 전에 데뷔한 아이돌 그룹, '밀피유 스타즈'.

통칭 밀스타라고 불리는 그녀들은 레이, 카논, 미아 세 명으로 구성되어 있으며, 오토사키는 그 그룹의 센터이다.

당연하지만 우리 학교에서 그녀를 모르는 사람은 없다.

오히려 전원이 팬이라고 해도 과언이 아닐 것이다.

그리고 나, 시도 린타로 또한 밀스타의 팬——은 아니다.

싫어하는 건 아니고 오히려 호감이 있지만, 팬이라고 부를 수준은 아니라고 해야 하나.

애초에 아이돌에 별로 흥미가 없다.

같은 반이니까 조금 관심이 있을 뿐.

친해지려고 해서 굳이 주변 남학생들의 시선을 날카롭게 바꿀 필요는 없다.

"변함없이 인기가 대단하구나, 오토사키는."

나에게 그렇게 말을 건 사람은 내 앞자리에 앉는 친구, 이나바 유키오였다.

남자치고는 선이 가늘어서 처음 만나는 사람은 깜빡 여자로 착각하기도 한다.

이 녀석도 오토사키에게 그렇게까지 큰 관심이 없는 편으로, 학생들에게 둘러싸인 그녀를 안쓰러운 듯 바라보고 있었다.

"어제 음방에서 발표한 신곡이 시대를 앞서간단 느낌이었는데도 듣는 사람이 받아들이기 쉬운 구조였으니까. 팬들이 흥분할 만도 하지."

"……저기, 린타로? 매번 팬이 아니라고 하면서 쟤들 신곡은 꼬박꼬박 체크하는구나?"

"유행하는 건 일단 보고 듣는 주의거든. 뭐, 알바하는 곳에서 그렇게 시키는 것뿐이지만."

"흐응……. 하지만 일하기 싫다고 하는 린타로가 용케 알바는 계속하네. 나는 조금 놀랐어."

"지금은 생활비를 벌어야만 하잖아. 하지만 나중에 나 대신 돈을 팍팍 벌어오는 사람을 잡아서 나는 전업주부가 될 거야. 내가 계속 돈 벌러 나가는 건 싫어."

"언제 들어도 거침없구나, 넌."

이 이야기를 하면 유키오는 매번 이렇게 어이없어한다.

하지만 '일하지 않는다'는 건 내 뿌리에 박혀있는 인생의 목표이자 흔들림 없는 부분이다. 누가 뭐라고 하든 이 목표를 바꿀 마음은 없다.

"그러고 보면 오늘도 알바였던가?"

"그래. 오늘은 특히 바쁘다고 해서 긴급 투입으로 불려가게 되었어. 나야 시급을 올려준다고 하니 잘 됐지만."

그러는 사이에 교실 문이 열리고 1교시 선생님이 들어왔다.

나와 유키오의 이야기는 거기서 멈췄고, 오토사키 주변에 모여 있던 애들도 각자 자기 자리로 돌아갔다.

수업이 시작된 직후 곁눈질로 오토사키에게 시선을 보냈다.

'진짜 예쁘게 생겼다니까……'

표정으로는 알아보기 어렵지만, 아이돌인 이상 분명 힘든 일도 고민거리도 많겠지.

고생이 많구나── 그렇게 생각하며 나도 수업에 집중하기 위해 앞을 바라보았다.

학교가 끝나자 나는 그길로 아르바이트 장소로 향했다.

목적지는 역에서 도보 15분 정도 거리에 있는 맨션.

현관문을 열자 몇 개의 신발이 난잡하게 벗겨져 있으며 여러 명의 기척이 느껴졌다.

똑바로 뻗은 복도 안쪽 문을 열자 그곳에는 정신없이 펜을 움직이는 어른들이 있다.

그중 가장 안쪽에 앉아있는 여성이 내 고용주인 만화가 유즈키 히미코 선생님이다.

"고생하십니다. 에너지드링크 사 왔는데요."

그렇게 말하며 편의점 봉투를 몸 앞으로 들어 올리자 그들은 일제히 나에게 시선을 던졌다.

잠을 안 잔 건지 충혈된 눈이 조금 무섭다.

"린타로오오오오오! 고마워어어어어!"

"선생님, 무서워요. 얼마나 안 주무신 거예요?"

"아아, 괜찮아. 아직 두 번밖에 안 새웠어."

"안 괜찮거든요."

한숨을 쉬며 선생님과 어시스턴트 분들에게 에너지드링크를 뿌렸다.

여기는 인기 만화가인 유즈키 히미코 선생님의 작업실이다.

나는 그녀의 어시스턴트로 고용되었는데, 배경을 그리거나 톤을 붙이는 작업을 담당하고 있다.

평소엔 학교가 쉬는 날일 때 오지만, 마감이 코앞으로 닥치면 이렇게 방과 후에도 도와주러 온다.

"하아……. 이래서 센스 좋은 친척 동생이 있어야 한다니까."

"에너지드링크는 그때 잠깐만 버티게 해주는 것뿐이니까, 끝나면 바로 주무세요."

"말 안 해도 아마 기절할 테니까 괜찮아."

"그러다 일찍 죽는다고 진짜……."

유즈키 선생님의 말대로 나와 그녀는 친척이다.

그래서 이렇게 고용해준 거지만, 지금은 일도 배워서 이 작업실의 전력이 되었다——고 본다.

"그럼 저도 작업 들어갈게요."

날 위해 마련해준 자리에 앉아 유즈키 선생님에게서 펜선을 딴 원고를 받아들었다.

지정된 구도로 배경을 그리고, 지정된 위치에 톤을 붙인다.

간단한 작업은 아니지만 익숙해지면 고통스럽지도 않았다.

오늘 화제가 된 밀스타의 신곡을 이어폰으로 들으며 나는 묵묵히 작업을 진행했다.

"――린타로, 슬슬 집에 가도 돼."

"어? 아직 안 끝났는데요."

"벌써 밤 9시야. 아무리 그래도 미성년자를 이 이상 부려 먹을 순 없지. 게다가 이제 1페이지만 남아서 마감엔 맞출 수 있어."

"……그렇구나. 그럼 죄송하지만 먼저 실례하겠습니다."

"응! 그럼 다음에 또 잘 부탁해!"

완성이 눈에 보이자 별안간 기력을 회복한 유즈키 선생님이 엄지를 세웠다.

평소에는 안정적인 페이스로 작업하는 그녀가 마감이 아슬아슬해질 때까지 붙잡고 있었다는 건, 그만큼 이번 화에 기합을 넣고 그렸다는 소리다.

실제로 작업하면서 본 그림은 평소보다 더 퀄리티가 좋아서 몇 번 숨을 삼킬 정도였다.

원래 유즈키 선생님은 예술가 타입이라 본인의 작품에 범상치 않은 집착이 있다.

그래서 타협하지 않고 작품을 완성하는데, 일이라고는 해도 거기에 맞춰줘야만 하는 어시스턴트 분들이 참으로 안쓰럽다.

벌써 시체 같은 얼굴이잖아. 반대로 살아있는 게 신기하다.

"수, 수고하셨습니다……."

마지막으로 그렇게 인사하자 새파란 얼굴의 좀비── 아니, 어시스턴트 분들이 손을 흔들며 배웅해주었다.

솔직히 좀 무섭다.

맨션에서 나와 먼저 역으로 향했다.

내 자취방은 유즈키 선생님의 작업실에서 전철로 세 정거장 떨어진 장소로, 학교에서는 총 다섯 정거장 거리다.

야근하고 퇴근하는 회사원들과 함께 전철을 타고 가장 가까운 역에서 내렸다.

상당히 늦은 시각이라 그런가, 평소와 같은 평범한 역 앞 풍경에 조금 안심했다.

하지만 그 시야 속으로 갑자기 이물이라고도 부를 수 있는 고급 차가 뛰어들었다.

'저런 차를 탈 수 있는 사람이…… 이 근방에 살았던가?'

돈이 없어 곤란할 일이 없겠지. 부러워라.

그런 식으로 냉소적인 생각을 하며 나는 평소처럼 집에 가려고 했다.

하지만 고급 차에서 내린 사람을 보고는 무심코 발이 멈췄다.

맑은 금발에 고등학생으로 보이지 않는 몸매── 머리에는 모자를, 얼굴에는 마스크와 선글라스를 써서 변장한 모양이지만 저건 틀림없이 인기 아이돌 오토사키 레이다.

아마도 사무소 쪽 차였던 모양이다.

차에서 내린 오토사키와 운전기사가 한두 마디 대화를 나누더니 그대로 역을 뒤로했다.

역 앞에는 인파도 드물어서 그런지 현재 오토사키의 존재를 알아차린 사람은 없는 듯했다.

그렇다면 나도 딱히 신경 쓰지 말고 집에 돌아가는 게 낫다.

나와 그녀는 올해 봄부터 같은 반으로 배정되었을 뿐, 딱히 친구도 뭣도 아니니까.

게다가 나 때문에 괜히 이상한 스캔들에 휘말려도 책임질 수 없다.

어디까지나 눈치채지 못한 척하면서 그녀의 뒤를 지나가려고 했다.

──문제가 발생한 건 그때였다.

"……읔."

별안간 오토사키의 몸이 휘청거렸다.

나는 반사적으로 그녀의 몸에 손을 뻗어 바닥에 쓰러지기 직전에 부축하고 말았다.

선글라스 너머로 파란빛이 도는 눈동자와 시선이 마주쳤다.

"시도……?"

놀랐다.

설마 내 이름을 기억하고 있다니.

"아, 안녕. 우연이네. 말을 걸까 고민하던 차에 갑자기 쓰러져서 깜짝 놀랐어."

접객용 스마일을 지으며 부드러운 목소리로 말했다.

그녀는 스쿨 카스트로 따지자면 단연코 원톱에 있는 여자.

한편 나는 교실에 있어도 없어도 주목받지 않는 수준의 엑스트라다.

솔직하게 대했다가 나쁜 인상을 줬다간 앞으로 반 안에서 무슨 소문이 퍼질지 알 수 없다.

오토사키정도 되는 입장이면, 마음에 안 드는 동급생의 고등학교 생활 정도는 한 마디로 붕괴시킬 수 있으니까.

……과대망상인가?

"윽……."

"몸이 안 좋은 것 같은데, 구급차 부를까? 나 혼자선 불안하다면 우선 어른을 불러서——."

"배…… 고파."

"……뭐?"

오토사키의 배가 성대하게 울었다.

아무래도 이 초췌해 보이는 얼굴도 전부 배가 고파서인 모양이었다.

"……괜히 걱정했다."

"으앙."

나는 그녀를 부축하던 팔을 빼고 대충 바닥에 굴렸다.

그런 행동을 저지른 뒤에야 나는 아차 하는 표정을 지었다.

"앗, 아아! 미안, 잘못했어! 어디 아픈 줄 알고 걱정했던 거라

나도 모르게 힘이 빠져버려서! 하하하!"

"……너무해."

"윽."

아, 수습이 안 되는구나.

마침 잘됐지. 억지웃음도 피곤하던 참이다.

이 김에 평소처럼 굴어야지.

어차피 악소문이 퍼진다면 이 이상 연기해봤자 손해다.

"쳇……. 그래서, 배가 고프다? 요즘 세상에 고작 그런 이유로 쓰러지냐고. 보통."

"시도는 그런 식으로 말하는 사람이었구나……."

"딱히 지금은 상관없잖아. 네 이야기나 해."

"으…… 평소엔 이 정도까진 아니야. 하지만 오늘 연습은 좀 특별했어. 지쳤고, 배고프고, 더는 못 움직여."

"연습이라……."

역시 톱 아이돌.

대중 앞에서 최고의 퍼포먼스를 보여주기 위해서라도 매일 노력을 아끼지 않는다는 건가.

"밥만 먹으면 움직일 수 있겠어?"

"아마도……."

"아마도는 불안한데. 어쩔 수 없지. 뭐라도 먹을만한 걸 사다──."

사다 주겠다고 말을 하려다가 입을 틀어막았다.

가장 가까운 편의점에 간다고 해도 5분 정도는 그녀를 여기에 두고 가야만 한다.

더불어 인파가 적은 장소이긴 하지만 상황이 상황인 만큼 슬슬 주변에서 주목하기 시작했다.

이래서야 그녀가 오토사키 레이라는 게 들키는 것도 시간문제고, 내가 없는 사이에 나쁜 마음을 먹은 사람이 그녀를 어딘가에 끌고갈 가능성도 있다.

친한 사이는 아니지만 나와는 상관없다며 무시할 수 있는 문제가 아니다.

"지나친 걱정일지도 모르지만, 혹시 모르니까. 불쾌해도 참아줘."

"어?"

나는 그녀에게 등을 돌려 그 자리에 쪼그려 앉았다.

"업고 이동할게. 빨리 업혀."

"어디 가려고?"

"우리 집. 밥 차려줄게."

"괜찮겠어?"

"너만 괜찮으면. 남자 집에 가는 게 싫으면 근처 패밀리 레스토랑에 내려주고. 나는 소비 기한이 오늘까지인 고기를 치워야 하니까 그냥 집에 갈 거지만."

"상상 이상으로 가정적……."

"미안하게 됐네. 안 어울린다는 건 알아. 그래서, 어쩔 거야?"

"……그럼 시도네 집. 시도가 만드는 요리 궁금해."

"그래? 별로 대단한 건 아니니까 실망해도 모른다."

가까스로 몸을 움직인 오토사키가 내 등에 체중을 실었다.

커다란 두 개의 덩어리가 교복 너머로 눌리는 바람에 무심코 굳

어버렸지만, 번뇌를 털어버리듯 일어났다.

체중은 확실히 느껴지지만 비교적 가벼웠다.

이것도 여자의 신비인 걸까——.

"그럼 출발."

"놀이기구 탔냐."

아마도 아직 그녀가 오토사키라는 건 들키지 않았다.

자칫 들통나기 전에 나는 부리나케 내가 사는 집으로 발걸음을 놀렸다.

내 자취방은 도보 5분 정도 거리에 있다.

5층짜리 맨션이 지금 사는 집이다.

"혼자 살아?"

"뭐, 그렇지. 이래저래 사정이 있거든."

열쇠로 문을 열고 그녀를 업은 채 안에 들어갔다.

방 구조는 1LDK. 거실과 침실이 따로 있는데 집세는 4만 엔대다.

도쿄에서 어떻게 이렇게 저렴한 집세로 빌릴 수 있었냐면, 이것도 유즈키 선생님 덕분이다.

원래대로라면 조금 더 비쌌는데, 그녀의 집세 수당 덕분에 파격적인 가격이 되었다.

"우선 소파에 앉아서 쉬고 있어. TV는 적당히 틀어도 돼."

"알았어."

오토사키를 소파에 앉힌 뒤 신발을 벗겼다.

그걸 현관에 가져다 놓은 뒤 나는 거실에서 보이는 구조인 부억으로 향했다.

"돼지고기를 쓰는 건 확정인데, 뭐 먹고 싶은 거 있어? 어느 정도라면 리퀘스트도 들어줄게."

"그럼…… 생강구이."

"흐응, 좋아해?"

"응. 어릴 때부터."

"의외네……. 뭐 좋아. 그럼 돼지고기 생강구이 접수."

비교적 간단한 요리라서 다행이다.

냉장고에서 돼지고기와 양파, 반 통 남은 양배추, 그리고 생강 튜브를 꺼내 조리대로 옮겼다.

돼지고기 생강구이는 그다지 연구하지 않은 요리이긴 하지만, 절대 맛없진 않을 것이라는 자신이 있었다.

"……솜씨 좋네."

"그야 매일 만드니까. 생강구이도 한두 번 만들어 본 게 아니야."

"남자가 자취한다는 인상이 별로 없었어. 왜 매일 만드는 거야?"

"절약. 생활비는 전부 직접 벌고 있거든. 그리고 장래의 아내를 위해서."

"아내?"

"그래. 내 목표는 전업주부거든. 열심히 일해서 돈을 벌어오는 아내를 위해 맛과 건강을 제대로 고려한 요리를 만들어주는 게 꿈이야."

이 계획은 순조롭게 진행 중이다.

매일 요리를 연구하면서 메뉴를 만들고, 청소와 빨래 기술을 수련하고, 작년부터는 가계부도 쓰기 시작했다.

지금 당장 결혼해도 만족시켜줄 자신이 있었다.

다만 유일한 문제라고 할 수 있는 게, 막상 결혼하게 될만한 애인과 만나지 못했다는 점이다.

뭐, 이건 고등학교에 다닐 때 찾을 수 있으리라고는 생각하지 않고, 이미 직업이 있는 사람과 만남이 있을 법한 대학교 졸업 이후쯤에 찾기 시작할 예정이다.

"미안하지만 밥은 레토르트로 참아줘. 사실은 쌀을 씻어서 안치고 싶은데, 네 배는 이미 한계잖아?"

"응…… 배려 감사."

"근데 매니저 같은 사람 있지 않아? 그럼 그 사람에게 밥 먹고 돌아가겠다고 하면 되는 거 아니야?"

"허세 부렸어. 아이돌이니까 세속적인 모습은 숨겨야 한다고 생각해서."

"사무소 식구들에게는 보여줘도 되지 않아……? 뭐, 나만의 룰을 세워놓고 산다는 건 이해하지만."

"시도에게도 룰이 있으니까?"

"뭐, 그렇지. 자, 다 됐다."

그러는 사이에 돼지고기 생강구이가 완성되었다.

맛있는 간장과 생강 냄새가 식욕을 자극하는 게 내가 봐도 잘 만들어졌다고 셀프로 칭찬했다.

그리고 마침 다 데워진 밥을 밥그릇에 담아 내 몫과 함께 오토사키 앞 테이블에 내려놓았다.

"지금까지 먹은 생강구이 중에서 제일 좋은 냄새……."

"그거 고맙네. 식기 전에 먹어."

"잘 먹겠습니다……!"

오토사키가 돼지고기 생강구이를 입에 가져가는 모습을 조금 긴장한 얼굴로 바라보았다.

솔직히 내가 만든 요리를 남에게 먹일 기회가 별로 없었기 때문이다.

유키오에게는 몇 번 먹이긴 했지만, 여자가 먹어주는 건 정말로 처음이었다.

너무 남자 입맛에 맞춘 요리는 아닐까── 그런 불안이 스친 것도 잠시, 그걸 불식시켜주듯 그녀의 감상이 울려 퍼졌다.

"맛있어……!"

나답지 않게 몸에서 힘이 쭉 빠졌다.

전에 없이 긴장했던 나 자신에 무심코 웃음이 새어나갔다.

"그래……. 안심이다."

"지금까지 먹은 생강구이 중에 제일 맛있어. 틀림없어."

"그건 좀 오버하는 느낌이 들지만…… 뭐, 칭찬해주니까 기분은 좋네."

나도 입에 넣어봤는데, 평소와 같은 맛이긴 하지만 확실히 맛있었다.

내 생각에도 실력이 참 좋아졌다. 우쭐해지고 싶었다.

"한 그릇 더."

"상관은 없는데……. 어차피 레토르트고."

밥그릇을 받아 한 번 더 밥을 데웠다.

그걸 받은 오토사키는 처음과 전혀 다를 게 없는 속도로 식사를 재개했다.

그런 모습을 보면 쓰러질 정도로 배가 고팠다는 것도 이해가 갔다.

"……아이돌 활동, 즐거워?"

"즐거워. 어릴 때부터 꿈이었으니까."

"와, 대단한데. 이 나이에 그 꿈을 이뤄버렸다는 건가."

"많이 노력했어. 게다가 운도 좋았고. 지금은 붙잡은 기회를 놓치지 않도록 더 열심히 하고 있어"

훌륭한 녀석이다. 일하기 싫다고 궁시렁거리는 나와는 사는 세계가 다르다.

"시도도 꿈을 위해 노력하잖아. 대단해."

"……진심으로 하는 소리야?"

"응……? 진심으로 그렇게 생각하는데."

전업주부가 되고 싶다고 하면 비웃을 줄로만 알았다.

그렇기 때문에 믿을 수 있는 친구인 유키오 말고 다른 사람에게는 이야기하지 않았는데, 예기치 못한 형태로 칭찬받는 바람에 나도 모르게 긴장이 풀렸다.

"어떤 꿈이든 그걸 향해 노력하는 사람은 다들 대단한 사람이야. 나는 그런 사람들도 응원하고 싶어."

"……오늘 처음으로 네 팬이 된 것 같아."

"지금까지는 팬이 아니었어?"

"솔직히 별 관심은 없었어. ……말을 걸어보길 잘했네."

"나도 시도의 팬이 됐어. 또 먹으러 오고 싶어."

"그건 안 돼."

나는 오토사키의 요구를 즉각 차단했다.

그녀도 칼같이 거절당할 줄은 몰랐던 건지 **아주 살짝이지만** 눈을 크게 떴다.

"왜?"

"왜냐니, 너…… 톱 아이돌이잖아? 그런 녀석이 남자와 같이 있는 걸 누가 봤다간 바로 스캔들 터질 거야. 넌 평범한 고등학생이 아니잖아."

"그건…… 그럴지도 모르지만."

"나 때문에 네 꿈이 망가지게 될지도 몰라. 그런 건 책임질 수도 없고, 절대로 사양이야. 그러니까 학교 밖에서는 최대한 엮이고 싶지 않아."

"……."

오토사키의 연애 스캔들 자체에 대해서는 딱히 내 알 바 아니지만, 그 상대가 내가 된다면 평화롭게 살 자신이 없다.

자의식이 과했다고 해도 무슨 일이 생긴 뒤에는 늦는다.

"오늘도 리크스를 감수하고 데려온 거야. 이 이상 위험한 다리를 건너고 싶진 않아."

"……알았어. 그럼 참을게."

"그렇게 해줘. 네 아이돌 활동을 위해, 내 평온한 생활을 위해서."

많이 침울해진 것처럼 보였지만, 어영부영 넘어가지 않기 위해서도 딱 잘라 선을 그을 필요가 있었다.

분명 오토사키도 배가 심하게 고팠을 때 내 요리를 먹고는 과하게 마음에 들었을 뿐이다.

시간이 지나면 분명 냉정해지겠지.

톱 아이돌이면 맛있는 요리는 얼마든지 먹을 수 있을 테고.

"너 이 근방에 살아?"

"응⋯⋯. 여기서 걸어서 30분 정도."

"애매한 거리네⋯⋯. 그럼 택시 불러줄 테니까, 그거 타고 돌아가. 뭐, 택시비까지는 못 내주지만."

"어⋯⋯?"

"어? 는 무슨. 네가 더 돈이 많으니까 나한테 빌릴 필요 없잖아."

"그, 그게 아니고."

"설마 자고 갈 생각이었어?"

오토사키는 아무 말 없이 고개를 끄덕였다.

머리가 지끈거린다.

이 녀석의 위기관리 능력은 왜 이렇게 얄팍한 거야.

"아까 충고했잖아! 아이돌이 남자 집에서 자겠다니 아무에게도 안 들켰어도 큰 문제거든! 상식적으로 생각해!"

"윽⋯⋯. 반론 불가."

"알았으면 집에 제대로 돌아가⋯⋯. 피곤하다는 건 알지만."

"미안해. 시키는 대로 할게."

왜 나는 같은 반 학생에게 잔소리해야만 하는 거야.

괜한 칼로리 낭비에 진저리를 치면서도 나는 스마트폰으로 택시 회사에 연락을 넣었다.

10분 정도 후에 집 앞으로 온다는 걸 확인한 뒤 나는 그걸 그대로 오토사키에게 전달했다.

"오늘 일은 잊어. 나도 잊을게. 앞으로도 우리는 그럭저럭 면식이 있는 같은 반 학생이야."

"……꼭 그래야 해?"

"꼭."

"알았어. 노력할게."

노력만으로는 곤란한데── 뭐, 반성은 한 것 같으니까 이 이상 세게 말하진 말자.

창밖을 확인해보자 마침 택시가 도착한 참이었다.

내가 배웅하는 건 현관까지. 현관 밖에서는 다른 주민들에게 목격당할 가능성이 있다.

"……그럼."

"그래. ……네가 맛있다면서 먹어줘서 자신감이 생겼어. 그러니까 그…… 그 점은 고마워."

"나도 시도가 친절하게 대해줘서 기뻤어. 그러니까 아까는 그럭저럭 면식이 있는 같은 반 학생이라고 했는데…… 친구라고 부르는 것 정도는 용서해줘."

────안 돼?

오토사키는 어딘가 불안한 듯 고개를 기울이며 그렇게 물어봤다.

이 질문에 NO를 돌려줄 수 있는 남자가 있다면 어디 한번 보고 싶다.

"……알았어. 같은 반이니까. 그 정도라면 부자연스럽지 않겠지."

"다행이다. 기뻐."

"나랑 친구가 되어서 뭐가 즐거운 건지…… 뭐 됐다. 그럼 학교에서 보자."

"응. 학교에서 봐."

그렇게 말한 뒤 오토사키는 내 집을 뒤로했다.

그녀가 탄 건지 아래에 세워져 있던 택시도 출발했다.

"하아……."

아르바이트도 그렇고, 참 피곤한 하루였다.

2인분의 식기를 설거지하며 오늘 있었던 일을 회상했다.

내가 만든 요리를 누군가가 먹어준다는 건 역시 나쁘지 않다. 좋은 자극이 되었다고 생각하면서도, 반대로 앞으로는 이런 일이 없기를 바랄 뿐이었다.

하지만 그런 내 소망과는 달리 내 평온은 다음 날에도 무너지게 되었다——.

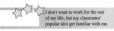

다음 날. 학교에 온 오토사키는 평소와 다를 바 없는 모습으로 반 아이들과 담소를 나눴다.

그 후에 무사히 집에 돌아간 모양이었다.

그것만 확인하면 이제 신경 쓸 필요도 없다.

나는 그녀에게서 시선을 떼고 앞자리의 유키오와 마주 보았다.

"……별일이네. 린타로가 오토사키를 쳐다보다니."

"그, 그래? 어제도 봤었는데."

"으음, 그렇긴 한데……. 뭔가 평소와 시선이 다르다고 할까."

"뭐가 다른데. 착각이겠지."

"……음, 그렇겠지."

아무리 친한 친구라고 해도 너무 예리한 거 아니야?

어제 미리 오토사키와의 관계를 리셋해놔서 절실히 다행이었다.

만약 그대로 그녀의 요구를 받아들였다간 이 녀석에게만큼은 즉각 들켰을지도 모른다.

"──응?"

유키오와 대화하는 사이에 갑자기 내 스마트폰이 울렸다.

아무래도 유즈키 선생님에게서 메시지가 온 모양이었다.

『긴급 사태. 원고에 문제 발생, 오늘도 도움 필요.』

유즈키 선생님이 보낸 문장을 읽은 나는 눈썹을 찡그렸다.

"오늘 마감이라고 하지 않았던가……? 그 사람."

"작업실에서?"

"그래. 어제 끝났던 일인데 뭔가 문제가 생겼대. 어시스턴트 분들에게는 휴일을 줘서 친척인 나밖에 부탁할 사람이 없나 봐."

"어쩔 수 없네."

"나만 부른다는 건 그렇게 큰 문제는 아닐 테니까, 뭐 보너스 받는다고 생각하고 다녀올게."

"유명 만화가의 어시스턴트라……. 좀 부러운 것 같기도 하고."

"그 집단 좀비화 현상을 보면 그런 말 안 나올걸……."

유즈키 선생님에게 알겠다고 답장을 보낸 뒤 스마트폰을 교복 주머니 속에 넣었다.

수업이 끝나자마자 나는 학교에서 나와 어제와 마찬가지로 작업실로 향했다.

연신 굽신거리면서 사과하는 유즈키 선생님에게 내용을 듣고 바로 작업에 임했다.

"정말 미안해, 린타로."

"괜찮다니까요. 제대로 시급 올려준다고 했으니까요."

"당연하지! 두둑하게 줄게!"

생활비를 벌어야 하는 몸으로서 돈만 준다면 뭐든 할 수 있다.

설령 오늘처럼 '어? 이거 어시 나 혼자서 하는 거야?' 하는 작업량이라고 해도 시급을 넉넉히 준다면 상관없다.

사실 나만 불렀으니까 그렇게 큰 문제는 아닐 거라는 예상이 성대히 빗나갔다.

혼자 작업해야만 하는 만큼 솔직히 어제보다 더 하드하다.

"미안해…… 미안해애애…….."

"으……! 진짜 좀! 사과할 시간이 있으면 손이나 움직여요!"

"컥, 넵!"

업계의 대선생님이니까 너무 한심한 모습은 보여주지 말라고.

아니, 보여주지 않으려고 나만 부른 거겠지만, 나에게도 별로 안 보여줬으면 좋겠다.

엄청 존경하고 있긴 하니까.

'소, 손가락에 감각이 없어…….'

오후 4시 무렵부터 작업을 시작해서 7시간. 어제는 9시에 집에 돌려보내 줬는데 오늘은 그걸 2시간이나 초과했다.

하지만 그 노력이 빛을 봐서 원고 자체는 평소보다 더 좋게 완성된 것 같다.

유즈키 선생님도 핼쑥한 얼굴이지만 표정만큼은 만족스러워 보였다.

"끝났어…… 끝났다고! 린타로!"

"다행이네요……. 그럼 저는 이만."

"정말 고마워. 택시비 줄 테니까 오늘은 푹 쉬어."

"감사합니다. 선생님도 제발 주무세요."

"당연하지. 시체처럼 잘 거야."

든든한 것 같으면서도 전혀 든든하지 않은 고용주를 두고 작업실을 뒤로했다.

받은 돈으로 택시를 탄 뒤 평소보다 훨씬 늦은 시각에 집 앞에 도착했다.

맨션 입구는 오토록이기 때문에 비밀번호를 누를 필요가 있다. 평소처럼 익숙한 비밀번호를 입력하려고 한 그때 나는 어떠한 사실을 깨달았다.

"……너 뭐해?"

"시도를 기다렸어."

그녀는 엔트런스 구석에 앉아있었다. 어제보다는 변장을 강화한 건지 마스크와 패션 안경에 추가로 파카 후드를 뒤집어써서 머리카락을 가렸다.

솔직히 수상함은 더 강해졌지만, 어지간히 가까이 가지 않는 한 오토사키 레이라는 건 눈치채지 못할 것이다.

아니, 근데 기다렸다니 뭔 소리야?

내가 언제 돌아올지 알지도 못하면서 기다리다니, 충견 하치공(公)이라도 돼?

"……오지 말라고 했잖아?"

"응. 하지만 꼭 부탁하고 싶은 게 있어서 왔어."

말을 안 들어먹네.

여기서 밀어내는 건 쉬울지도 모르지만, 만약 그랬다가 그녀가 '시도 린타로는 인간쓰레기'라는 딱지를 붙여버렸다간 내 학창 생활은 끝이다.

빌어먹을 아이돌.

너무 높으신 분이라 함부로 무시할 수가 없잖아.

"하아, 알았어. 우선 이야기는 들어줄게. 안에 들어와."

"응. 고마워."

오토사키는 어딘가 기뻐하는 목소리로 내 뒤를 따라왔다.

그대로 집에 들어가 우선 어제와 마찬가지로 소파에 앉혔다.

"커피 정도는 타 줄 수 있는데, 블랙 괜찮아?"

"가능하면 달달한 게 좋아."

"오냐. 설탕 넣을게."

인스턴트로 탄 커피에 커피 크림과 설탕을 듬뿍 넣고 오토사키 앞에 내려놨다.

평소에는 블랙으로 마시는 나도 오늘은 확 달게 만들었다.

조금이라도 피로를 회복하기 위해 그렇게 해 본 건데 잘한 선택인 것 같았다.

오토사키의 방문으로 동요했던 마음이 어느 정도 차분해지자 나는 그녀와 눈을 마주치면서 물었다.

"그래서, 부탁하고 싶다는 게 뭔데?"

"오늘 내내 고민했어. 역시 시도의 밥을 또 먹고 싶어."

"어제 거절했잖아……?"

"응. 하지만 도저히 잊을 수 없어. 점심에 먹은 도시락도, 연습 도중에 먹은 것도 시도의 요리보다 못했어."

"윽……."

──심장아, 나대지 마라.

집에 쳐들어올 만큼 내 요리가 마음에 들었다는 사실에 자연스럽게 얼굴이 풀릴 뻔했다.

그런 한때의 기쁨에 취해서 오토사키의 요구를 받아들였다간 분명 후회할 것이다.

"그러냐……. 하지만 역시 안 돼. 몇 번이나 말했듯이 만에 하나라도 나와 네가 같이 있는 걸 누가 봤다간 오토사키 레이라는 브랜드에 흠집이 나. 나는 그걸 책임질 수 없어. 애초에 식비도 단순 계산으로 두 배가 되는데? 쪼잔한 소리로 들리겠지만 저금할 돈이 줄어드는 건 사양이야."

나는 장래 누구와도 결혼하지 못할 때를 대비해서 수입은 최대한 저축해두고 있다.

남의 인생을 망가트릴지도 모르는 데다가 내 저축액마저 줄어든다니 백해무익하다.

아무리 아이돌과 가까워질 기회라지만 거절하는 게 최선이다.

"그러니까 포기해. 애초에 연예인이라면 더 맛있는 음식집에도 쉽게 갈 수 있잖아? 굳이 나한테 오지 않아도——."

"그럼 매달 30만 엔씩 줄게. 그거랑은 별개로 2인분의 식비도 낼게. 그러니까 매일 먹게 해줘."

갑자기 오토사키가 가방에서 현금을 꺼내 눈앞에 내려놨다.

확실히 대충 30만 엔 정도로 보이긴 하는데——.

"어때?"

"알았어. 사양하지 말고 와."

"……."

"……."

아차. 그만 돈에 낚여버렸다.

나는 헛기침을 한 번 한 뒤 다시 입을 열었다.

"오, 오늘은 이렇게 줄 수 있었을지도 모르지만, 아이돌이라고 해도 매달 30만 엔 넘게 쓸 수 있어? 불가능한 소리 하는 거 아니야."

"올해는 광고 5개 잡혀있어. 노래도 잘 팔리고, 콘서트도 있고. 아무 문제 없어."

"설득력이 넘쳐나잖아……!"

구체적인 금액은 모르지만 분명 나 같은 서민은 절대 손에 쥐어볼 수 없는 거금을 받고 있을 게 틀림없다.

"부족해? 그럼 50만 엔으로 할까? 애초에 나는 돈을 잘 안 써서……."

그렇게 말하며 추가금을 꺼내려는 오토사키를 다급히 막았다.

"……아니, 실제로 어디까지 기대에 부응할 수 있을지도 모르는 데다 처음부터 올릴 필요는 없어."

"하지만……."

"……알았어. 받아들일게."

"진짜?!"

오토사키가 눈을 빛내며 내 손을 붙잡았다.

무심코 두근거리려는 심장을 달래면서 나는 말을 이어갔다.

"열의에 졌어. 살려면 돈은 필요하고…… 내 요리에 30만 엔이라는 가치를 매겨준 것도 순수하게 기쁘고."

"사실은 더 주고 싶어. 하지만 시도가 올릴 필요 없다고 하니까 참을게."

"그래, 그렇게 해. 앞으로 제대로 기대에 부응했다면 그때 또 검토해주면 좋고."

"알았어. 그럴게."

그녀의 손이 스윽 떨어졌다.

원래 어딘가 감각이 독특한 녀석이라고는 생각했지만, 오토사키는 그보다 더한 괴짜였던 모양이다.

같은 반 학생에게 밥을 차려달라고 30만 엔을 내다니, 머릿속의 나사가 풀려있는 게 틀림없다.

그 제안을 넙죽 받아먹은 나도 나인 이상 이미 지적은 못 하지만.

"하지만 약속해. 여기 올 때는 절대 정체가 들키지 않도록 노력한다고. 한순간도 방심하지 말고, 모자와 마스크는 절대 벗지 마. 이건 날 위해서이기도 하지만 무엇보다 오토사키를 위해서니까."

"알아. 아이돌 계속하고 싶으니까."

"좋아. 그럼 계약 성립. 나는 널 위해 밥을 차린다. 너는 나에게 그만큼 돈을 준다."

"응, 계약할게."

"……뭐, 그냥 약속에 불과하지만. 그럼 바로 오늘치를 만들어야겠다. 뭐 먹고 싶어? 재료에 따라서는 못 만들지만."

"그럼 카레 먹고 싶어."

"은근히 시간 걸리는데? 괜찮아?"

"괜찮아. 오늘은 자고 갈 거야."

"──뭐?"

오토사키는 지극히 당연하다는 듯한 얼굴이었다.

톱 아이돌 밀스타의 센터, 레이를 집에 재운다······?

뇌의 처리장치가 따라잡지 못해서 혼란이 퍼져나갔다.

"매일 밥 차려준다고 했어. 나는 아침밥도 꼬박꼬박 먹어. 하지만 매일 아침 우리 집에서 여기에 다니려면 수면시간을 확보하지 못해. 그러니까 여기서 잘 거야."

"어, 어어······ 그러냐. 안 되거든?"

"왜?"

"아무리 서로 그런 마음이 없다지만 고등학생 남녀 단둘이 같은 집에 자는 건 이래저래 문제잖냐······. 같이 밥만 먹는 거면 모를까, 자고 가기까지 하면 변명도 못 해."

"그럼 역시 50만 엔 낼게. 그리고 좀 더 조심할게."

"아 진짜. 못 말리겠네."

미안, 돈에는 이길 수 없었어.

카레를 끓이며 나는 TV를 시청하는 오토사키를 쳐다봤다.

화면에서는 마침 밀스타의 라이브 영상이 나오고 있었다.

원래 방송 자체는 녹화가 끝난 음악방송이었던 건지 라이브 영상도 그녀들을 소개하기 위해 사용된 모양이었다.

"역시 이때는 팔 동작을 조금 더 크게 했어도 좋았을 텐데······."

"굉장히 세세하네······. 솔직히 모르겠는데."

"머릿속으로만 상상하면 모를 거야. 실제로 봐 보면 인상이 달라질걸."

"그런 건가?"

평소에는 무슨 생각을 하는지 알 수 없는 얼굴도 지금은 어딘가 프로의 얼굴이었다.

화면 너머로 보던 얼굴이 바로 앞에 있다고 생각하자 참으로 신기한 기분이다.

"자, 다 됐어. 주문하신 카레라이스."

"! 기다렸어."

오늘은 제대로 밥을 안쳐서 카레를 뿌린 뒤 오토사키 앞에 내놓았다.

이번에 만든 카레는 맛국물과 간장을 조금 섞어서 살짝 일식에 가까운 느낌으로 마무리했다.

간을 보았을 때 내 입맛에는 맞았지만, 그녀의 입맛에는 어떨까.

"맛있어……! 너무 맛있어서 깜짝 놀랐어."

"네 리액션은 정말 요리사에게 친절하다니까."

눈을 빛내면서 감상을 말해주니 빈말이라고 의심할 여지도 없다.

이어서 나도 밥과 함께 먹어봤는데 확실히 완성도가 괜찮았다.

전에도 한번 똑같은 방식으로 만들어본 적이 있었는데, 그때보다 더 맛있어졌다.

성장이 느껴져서 기뻤다.

"한 그릇 더."

"그럴 줄 알긴 했지만, 이만한 양이 그 마른 몸의 어디로 사라지는 거야?"

"혹독한 연습을 견디기 위해서는 더 많은 식사가 필요해. 이 정도는 오히려 한참 부족해."

"오…… 이거 만드는 보람이 있겠는데."

추가로 밥을 퍼 주자 오토사키는 다시 희희낙락 먹기 시작했다.

그 모습을 보며 서서히 냉정을 되찾은 나는 계속 의문이었던 것을 물어보기로 했다.

"그런데 말이야, 역시 좀 이상하지 않아?"

"뭐가?"

"네가 이런 서민의 밥을 먹고 싶어 하는 거. 비꼬는 거 아니고 순수하게, 너라면 더 맛있는 밥을 먹을 수 있잖아?"

이건 나에게 너무 매혹적인 거래다.

아이돌에게 밥을 차려주고 집에서 재워주기만 해도 매달 50만 엔을 받는다.

이쯤 되면 사기를 의심해야 하는 수준이다.

실제로 나는 지금 다른 꿍꿍이가 있는 게 아닌지 의심하고 있다.

돈도 아직 테이블 위에 올려놓은 채 손을 대지 않았다.

들뜬 기분도 여기까지. 제대로 미래를 계산해서 대화해야──.

"……누가 차려준 집밥을 먹는 건 오랜만이었어."

"어?"

"우리 집은 좀 유복해. 하지만 아버지도 어머니도 바빠서 집에 거의 없어. 그래서 식사는 매번 가정부가 만들어줘. 내가 집에 돌아올 시간에 맞춰서 데워주고 맛도 좋지만…… 분명 따뜻한 밥이 어째서인지 전혀 따뜻하지 않은 거야."

말을 끊고 한 번은 침묵한 오토사키였으나, 바로 다시 입을 열었다.

"시도의 밥은 지금까지 먹은 어떤 밥보다 따뜻했어. 그게 어쩐지 아주 기뻐서…… 앞으로도 계속 잊을 수 없을 것 같았어."

"……그렇게 거창한 게 아니야."

그래, 이 녀석도 나와 '동류'였구나.

아무튼 그녀가 거짓말을 하는 게 아니라는 건 알았다.

이게 아이돌의 연기라면 그 연기력을 칭찬해줘야 할 수준이다.

"하지만 알았어. 그, 의심해서 미안해."

"의심했어?"

"너무 좋은 제안이니까. 국민적 인기 아이돌이 집에 와서 밥 먹이고 재워주기만 해도 돈을 받을 수 있다니, 본래대로라면 내가 돈을 줘야 하잖아."

"가치가 있다고 느낀 것에 돈을 낸다. 당연한 거야."

"그럴지도 모르지만…… 너에겐 그 외모만으로도 어마어마한 가치가 있다는 걸 자각해야지."

"……그런 거야?"

내 말을 이해하지 못한 건지 오토사키는 어리둥절한 표정으로 스스로를 내려다보았다.

"시도도 내 몸 좋아해?"

"풉──."

다급히 입을 눌러 마침 입 안에 있던 물을 뿜지 않으려고 노력했다.

마시던 물이 기도에 들어가 사레들리고 말았지만, 그런 건 아무래도 상관없는 일이었다.

"무, 무슨 소릴 하는 거야?!"

"다들 내 몸을 빤히 쳐다봐. 사실은 노래나 춤으로 평가받고 싶어. 하지만 역시 외모도 중요해?"

──대답하기 난감하다.

뭐, 이 녀석을 상대로 가식 떨 필요는 없지. 솔직한 의견으로 가자.

"그야 그렇지. 외모가 좋지 않았다면 애초에 아이돌로 데뷔하지 못했을 테니까."

"……그렇구나. 당연한 걸 물어봤네. 미안."

"상관은 없지만……. 그것도 뭔가 사정이 있어 보이네."

"요즘 학교 사람들이나 업계 사람들의 눈이 무서워. 착각일지도 모르지만……."

직접 본인에게 말하기는 껄끄러운 소리지만, 분명 그녀의 감각은 착각이 아니다.

솔직히 남자들은 틀림없이 성적인 눈으로 보고 있다.

데뷔 당시에는 중학생이었던 오토사키도 고등학교에 입학한 뒤로 몸에 확 굴곡이 생겼다. 오히려 너무 많이 생겼다.

딱히 아이돌에 관심이 없었던 나조차 그렇게 생각할 정도니 확실하다.

"너는 뭔가 위기관리 능력이 부족한 느낌이 드니까. 정말로 조심하면서 생활해."

"뭘?"

"그러니까, 남자를. 남자는 짐승이라고 많이 그러잖아? 덮친 뒤엔 늦다고."

"시도도 짐승?"

이 녀석은 날 몇 번이나 난감하게 만들 작정인 거지.

설령 그렇다고 해도 여기서 고개를 끄덕일 수는 없다.

"나는 안 덮쳐. 소중한 돈줄——이 아니지, 고용주인데다 아직 범죄자가 되고 싶지 않아."

"돈줄은 너무해. 하지만 신기하게 안심되네."

"돈은 안심할 수 있는 이유가 되어주기도 해. 딱히 나쁜 게 아닌걸."

공짜보다 비싼 건 없다는 말이 있듯이, 금전거래가 발생하면 그만큼 안심감을 살 수 있다.

나도 그녀에게서 돈을 받는 한 배신하지 않을 테니까.

뭐, 돈을 안 줘도 인간적으로 그런 짓은 안 하지만.

"오토사키는 정말 순수하구나."

"그래?"

"그래. 그러니까 인기를 끈 것도 있지 않으려나. 아마도."

연예계는 어둠이 깊은 업계란 말을 자주 듣는다.

그녀가 언젠가 그 어둠에 고통스러워하지 않는다면 좋겠지만—— 그건 내가 어떻게 할 수 있는 일도 아니고, 그녀 입장에선 괜한 오지랖일지도 모른다.

잘 알지도 못하면서 괜히 참견하지는 말자.

"아, 그러고 보면 목욕은 어떻게 할 거야? 이 집엔 남성용 샴푸

밖에 없는데."

"괜찮아. 가져왔어."

오토사키는 자신의 가방에서 'The 숙박 세트'라고 불러야 할 법한 파우치를 꺼냈다.

안에는 1회용 샴푸와 보디소프, 칫솔, 치약이 들어있었다.

"완전히 잘 생각이었잖아……."

"응. 처음부터 그러려고 했어."

"너 말이다, 남자를 착각하게 만든단 소리 자주 안 들어?"

"멤버에게서 들은 적 있어. 어떻게 알았어?"

"역시 너 좀 이상해."

천재는 괴짜가 많다고 하는데, 아마 오토사키도 그 과다.

내가 여자였다면 애인도 아닌 남자의 집에서 잠자는 건 완강하게 거부했을 거다.

심지어 혼자서. 그것도 오래 알고 지낸 사이도 아닌데.

그 괴짜 기질 덕분에 보수를 받게 되었으니 불만은 없지만, 걱정은 끊이지 않을 것 같았다.

"시도."

"왜."

"앞으로 잘 부탁해."

"……그래, 잘 부탁해. 그리고 앞으로는 린타로라고 불러. 나한테 너는 상사니까."

"알았어. 그럼 나도 레이라고 불러줘."

"내 말 들었어……? 네가 상사고 내가 부하란 소리였는데."

"그럼…… 명령? 서로 이름으로 부르면 더 친해질 수 있어."

"초등학생이냐."

너무 안이하게 받아들인 건지도 모른다.

돈을 받은 이상 오토사키의 말은 절대적.

앞으로는 거역할 수 없다.

――아주 조금, 성급한 선택을 해버렸단 느낌이 들었다.

톱 아이돌, 오토사키 레이와 수수께끼의 공동생활이 시작된 지 벌써 일주일하고도 며칠이 지났다.

그러는 사이에 알게 된, 레이가 매일 자고 가는 게 아니라는 점에 조금 안심했다.

스케줄 때문에 매니저가 집으로 데리러 올 때도 있는데, 그런 날이면 아침용 도시락을 들려주고 전날에 귀가시킨다.

그때마다 불만이라는 표정이었지만 본인도 일과 사생활은 분리하고 있는 건지 입을 열어 불평하지는 않았다.

그녀 본인이 말했던 대로 부모님은 거의 집에 돌아오지 않는다고 했다.

따라서 우리 집에서 자는 날은 가정부에게 친구 집에서 잔다고 연락하는 모양이었다.

말도 없이 오는 게 아니라는 점에서는 안심했지만, 그 남자친구 집에서 자고 가는 여자친구 같은 변명은 좀 그렇지 않나.

"린타로. 나 좋은 생각이 났어."

저녁을 먹고 물에 불려두었던 식기를 설거지하는 나에게 레이가 불쑥 말을 걸었다.

아직 교류 기간은 짧지만 알게 된 사실 중 하나, 그녀가 말하는 '좋은 생각'이란 나한테는 난감한 일이다.

불길한 예감에 휩싸이면서도 설거지를 마친 식기를 내려놓고 그녀 옆에 앉았다.

"이상한 소리 하면 내일 식탁에 네가 싫어하는 음식을 섞을 거야."

"안 됐지만 나는 싫어하는 게 없어. 내 자랑거리."

"쳇, 그러냐. ──그래서, 무슨 생각이 난 건데?"

"이 집에 먹으러 와야 하니까 귀찮은 게 많아. 그러니까 집을 새로 빌려서 둘이서 룸셰어하면 해결돼. 나이스 아이디어."

"아니나 다를까 터무니없는 소릴 하는구나, 너."

"왜? 효율 좋잖아."

……확실히 효율은 좋다. 하지만 효율만으로 따질 수 있는 문제가 아니다.

애초에 그렇지 않아도 사생활이 없어져 가고 있는데 본격적으로 같은 집에서 살기 시작했다간 아예 0이 되어버린다.

"너는 부모님 집에서 살잖아? 나와 살겠다고 말하지 못하는 이상 대외적으로는 혼자 산다는 건데…… 주변에서 허락해주겠어?"

"그건── 조금 불안해."

"그럼 이 이야기는 보류. 또 문제가 생기면 그때 생각하자고."

"……알았어. 그렇게."

"그래, 잘했어."

고용주에게 이런 식으로 입을 놀리는 건 완전히 하극상이지만, 이것도 레이에게서 친구로 대하라는 명령이 있었기 때문이다.

게다가 뭐라고 해야 하지…… 왠지 강아지 같단 말이지, 이 녀석.

훈련이 필요한 느낌이 든다고 해야 하나── 아니, 이 이상은 너무 실례니까 멈추자.

"그런 것보다 이제 시간이 많이 늦었으니까 난 잔다. 내일은 1교시부터 체육이잖아."

"응, 알았어."

느릿느릿 일어난 레이는 그대로 침실로 사라졌다.

나는 거실 소파의 등받이를 쓰러트려서 침대 모드로 바꿨다.

원래 침실에 있던 침대는 현재 레이에게 강제로 쓰게 하고 있다.

사실 처음 레이는 나에게 그대로 침대를 쓰라면서 고집을 부렸다.

반대로 나는 그녀를 소파에서 재운다는 선택지가 없었기 때문에 두 사람의 주장은 평행선.

최종적으로 우리가 타협한 건, 레이는 침대를 쓰고 나는 그녀가 사다 준 소파 베드를 쓴다는 형태였다.

즉 이 소파는 처음부터 우리 집에 있던 게 아니다.

그나저나 역시 잘 나가는 아이돌의 재력은 놀랍다니까.

이 소파도 상당한 고급스럽고 질이 좋아서, 일반적인 고등학생이 사고 싶다고 쉽게 살 수 있는 물건이 아니다.

'하지만 전혀 부럽진 않단 말이지.'

그녀가 자고 있을 침실로 시선을 던지며 그런 생각을 했다.

빡빡한 스케줄, 실패가 용서되지 않는 환경, SNS 등지에서 쉽게 볼 수 있는 중상 모략.

딱히 문제를 일으킨 적도 없는 밀스타라서 그나마 낫지만, 그래도 밀스타가 마음에 들지 않는 사람들이 폭언을 쏟아내는 걸 몇 번 본 적이 있다.

내가 밥을 차려주는 게 조금이라도 레이의 스트레스를 풀어줄 수 있다면 좋을 텐데——.

밤이 밝고 시각은 아침 6시.

고급 소파 베드 덕분에 개운하게 눈을 뜬 나는 여느 때처럼 아침밥을 차리기 시작했다.

밥상을 차린다고 해도 그렇게까지 손이 많이 가는 요리를 만드는 건 아니다.

어제 먹은 밥이 남아있는 걸 확인하고, 반찬으로 같이 먹을 수 있도록 조금 간을 강하게 한 베이컨과 계란프라이를 구웠다.

식비를 아끼지 않아도 되는 덕분에 산 양상추를 중심으로 샐러드를 만들고 커피를 탔다.

물론 그녀의 몫으로는 설탕과 커피 크림을 듬뿍 넣었다.

"레이. 밥 다 됐어. ……레이?"

하아, 또냐.

그녀는 아침에 참 약하다.

혼자서 일어나는 일이 거의 없고, 대체로 내가 깨워주고 있다.

그리고 목소리만으로 일어나지 않을 때는 어쩔 수 없이 방에 들어가 직접 흔들어 깨운다.

"어쩔 수 없지, 들어간다."

일단 경고는 하고 침실 문을 열었다.

아니나 다를까, 레이는 내 침대 위에서 새근새근 잘도 자고 있었다.

하지만 그 모습이 문제였다.

요즘 6월에 들어서 기온이 조금 올라갔기 때문인지 이불을 호쾌하게 걷어찼다.

그것만이라면 모를까, 그녀가 잠옷으로 입는 '일하기 싫다'라는 레터링이 들어간 촌스러운 티셔츠가 대담하게 올라가 있었다.

뭐, 저 티셔츠는 내 옷이긴 한데————.

티셔츠가 올라가는 바람에 가슴 아래쪽 부분이 보일락 말락 한 상태라서 눈을 어디에다 둬야 할지 모르겠다.

'크다…… 아니지. 브래지어 안 입고 자는 거냐.'

자칫 위험한 생각이 떠오를 뻔했지만 그걸 이성으로 짓눌렀다.

아무리 일이네 뭐네 주장해 봐도 역시 본능을 억누르는 건 지극히 힘든 일이다.

마음을 가라앉힌 뒤 다시 레이에게 몸을 돌렸다.

"야, 일어나. 일어나서 밥 먹어."

"으응……."

레이가 몸을 뒤척였다.

그 움직임에 원래 올라가 있던 티셔츠가 한층 더 올라가려는 걸 본 나는 허둥지둥 이불을 덮어 줬다.

"응, 린타로……?"

"깼어? 자, 빨리 세수하고 와."

"……알았어."

꾸물꾸물 일어난 레이는 휘청거리는 발걸음으로 세면실로 향했다.

그 모습만 보면 정말로 톱 아이돌이 맞는지 의심하고 싶어질 만큼 추레했다.

──뭐, 늘 카메라 앞에 있는 것처럼 지내라는 것도 몹쓸 짓이지.

조금은 잠이 깬 건지 세면실에서 돌아온 그녀는 평소와 같은 얼굴이었다.

그대로 나와 함께 소파에 앉아 '잘 먹겠습니다'라는 인사 후 아침을 먹기 시작했다.

"음, 노른자 반숙……."

"그 정도를 좋아한다고 했었잖아. 커피도 설탕과 크림 많이 넣었어. 샐러드는 취향대로 드레싱 뿌려 먹어."

"나한테 맞춰서 만들어주다니, 역시 기뻐."

"나도 네 취향이 알기 쉬워서 다행이야. 바로 맞출 수 있으니까."

이렇게 솔직하게 의견을 말해주는 덕분에 밥을 차릴 때의 스트레스는 거의 없다.

오히려 재미있을 정도로 기뻐해 주기 때문인지 만드는 보람은 역대급이었다.

"도시락 챙겼어?"

"응. 괜찮아."

"그럼 문단속할 테니까 먼저 가."

"알았어. 그럼 학교에서 봐."

그 후 교복으로 갈아입은 레이가 현관에서 나갔다.

당연하지만 나와 그녀는 같이 등교하지 않는다.

기본적으로 레이가 집에서 나가고 5분 뒤에 내가 출발해 역으로 향한다.

역에 도착한 뒤에는 부자연스럽지 않도록 합류할 때도 있고 하지 않을 때도 있다.

아무리 그래도 옆에 서 있으면서 아무 대화도 안 하는 건 같은 반 학생으로서 부자연스러우니까.

'이 생활도 완전히 익숙해졌네…….'

문을 잠근 뒤 여느 때와 같은 길을 걸어 역으로 향했다.

개찰구를 빠져나와 플랫폼으로 간 뒤 은근슬쩍 레이를 찾아봤다.

그러자 마침 중학생으로 보이는 혼성 집단에게 사인 요청을 받는 그녀가 시야에 들어왔다.

안경과 마스크로 얼굴을 대부분 가렸다지만, 아무래도 매일 출몰하니 말을 거는 사람도 늘어나는 모양이었다.

중학생들이 떠나자 교대하듯 같은 반 여학생이 레이 옆에 섰다.

내 기억이 맞다면 저 여학생은 육상부 소속이라 아침 연습이 있을 때는 더 이른 시각에 전철을 탄다.

오늘은 아침 연습이 없었던 건지 레이와 같이 등교할 수 있는 모양이었다.

이럴 때는 내가 그녀와 합류하지 않아도 되기에 조금 다행이었다.

"저기, 린타로 좀 변했지?"

"뭐?"

1교시 체육을 위해 옷을 갈아입던 도중 유키오가 갑자기 그런 질문을 던졌다.

유키오 쪽은 내 황당하단 표정이 오히려 의외였던 건지 고개를 갸웃거렸다.

"자각 없어? 뭔가 굉장히 여유가 생긴 것처럼 보였는데."

"……여유라."

생활 수준이 크게 향상되었기 때문인가.

확실히 전보다는 즐겁게 생활하고 있는 건지도 모른다.

"호, 혹시…… 여자친구 생겼다거나?"

"생겼겠냐. 나한테 애인이 생기는 건 평생 부양해줄 상대를 찾았을 때야. 뭐, 대학 졸업할 때까진 상대를 찾을 마음도 없지만."

"그…… 그렇지! 그럼 내 착각인가 봐!"

왜 나한테 애인이 없으면 좋아하는 거냐, 이 녀석.

설마 자기는 인기 많은 주제에 남의 행복은 용서할 수 없다는 타입인가?

"그보다 그런 거라면 너야말로 전에 고백받았다는 애랑 어떻게 됐는데? 꽤 괜찮은 애라고 하지 않았어?"

"으음…… 하지만 사귀냐 마냐 하는 건 또 별개라고 해야 하나. 도저히 이성으로 좋아할 수 없었다고 해야 할까……. 친구라면 전혀 문제없고 오히려 환영인데."

굳이 따지라면 귀여운 타입의 미남인 유키오는 중학생 때부터 비교적 인기가 많은 편이었다.

얼굴도 좋고 성격도 괜찮으니 필연이라고 해야겠지.

하지만 그만큼 폐해도 있는 건지, 거절한 여학생에게서 스토커 같은 피해를 받은 적이 있었다.

그때는 내가 매일 같이 하교하는 식으로 대처하고, 최종적으로는 고등학교 입학을 계기 삼아 가족이 모두 이사하는 것으로 해결했다.

원래 아버지가 단독주택 구매를 고려하고 있던 참이라 마침 잘된 모양이었다.

"딱히 좋아해 준다고 좋아해야 한다는 의무도 없으니까 네가 신경 쓸 필요도 없어. 너 스스로 누군가를 좋아하게 될 때까지 천천히 기다리면 되지."

"응…… 그렇지. 그렇게 할게!"

어째서인지 별안간 목소리가 밝아진 유키오는 후련해졌다는 눈으로 나를 쳐다보았다.

아무래도 고민은 해결된 모양이었다. 음, 친구를 도와주니 기분이 좋구나.

옷을 다 갈아입은 우리는 그대로 체육관으로 이동했다.

솔직히 고등학교 체육 같은 건 반 정도 노는 시간 같은 거라 지정된 경기 종목만 벗어나지 않는다면 비교적 자유롭다.

특히 오늘처럼 배구 경기를 하는 날은 코트 개수 문제상 항상 반 정도의 학생은 벽 앞에 모여 쉬게 된다.

"야야야, 저기 봐. 오토사키 쪽."

"우와, 여전히 굉장한데."

유키오와 나란히 순서를 기다리는 동안 근처에 있던 남학생들이 코트 안에서 활약하는 레이를 보며 변태같은 표정을 지었다.

원래 운동신경이 좋아서 그런가 레이는 배구부와 비슷하게 활약하고 있었다.

스파이크는 남자도 받아낼 수 있을지 알 수 없을 만큼 빠르다.

하지만 그렇게 움직이다 보면 당연하게도 남자들의 시선이 쏠린다.

특히 그녀는── 순화해서 표현하자면 고등학생답지 않은 몸을 지녔다.

마침 오늘 아침에 나도 그녀의 폭력적인 미모에 크게 동요했던 참이라 남자들이 음흉한 표정을 짓는 걸 보고 뭐라고 할 수가 없다.

뭐, 작은 목소리라고 해도 그걸 입 밖으로 말한 시점에서 약간 경멸하는 마음은 들지만.

"린타로, 왜 그래? 주변을 둘러보고."

"아니, 나보다 저속한 녀석들이 있다고 생각하니 마음이 편안해져서."

"정말로 당당하구나, 넌."

어째서인지 유키오가 연민에 찬 눈으로 나를 쳐다봤다.

이상하네. 나는 그냥 솔직하게 말한 것뿐인데.

──어라? 그럼 나도 세상 남자들과 별로 다른 게 없나?

"……."

뭐, 됐다. 피하고 싶은 진실을 깨닫기 전에 생각을 그만두자.

시간이 흘러 점심시간.

나는 유키오와 마주 보며 도시락을 펼쳐놓았다.

참고로 도시락의 절반은 레이의 도시락과는 다른 것으로 채워놓았다.

그녀의 도시락은 거의 수제로 채웠지만 내 도시락의 절반은 냉동식품으로 구성했다.

물론 도시락 재료를 보고 추측하는 걸 막기 위해서이다.

"린타로의 존경스러운 점은 한두 개가 아니지만, 그중 하나는 매일 도시락을 싸 온다는 점이야. 나는 도저히 흉내 못 내."

"익숙해질 때까지는 상당히 힘들었지. 하지만 이것도 장래를 위해서니까."

"일하기 싫다는 이유로 금욕적인 노선을 걷는다는 게 정말 너답다고 해야 하나……."

밥을 한 입 먹었다. 음, 식어도 맛있네.

내 도시락에서 수제는 상당수의 비중을 차지하고 있는 돼지고기 감자조림이다.

어제 만들어서 하룻밤 재워놨기 때문인지 당근과 감자도 아주 잘 익어서 단맛이 강화되었다. 고기와 양파는 말할 것도 없지.

"와! 오토사키의 도시락 되게 예쁘다!"

레이를 둘러싼 여학생들 사이에서 불쑥 그런 탄성이 나왔다.

평소에도 주변에 사람이 끊이지 않는 그녀지만 오늘은 특히 많았다.

이유는 아무래도 내가 만든 도시락에 있는 것 같지만——.

"엄마가 만들어주셨어?"

"어…… 아, 아니, 그건 아니야."

"뭐?! 그, 그럼 혹시…… 직접?!"

"으──응, 그래."

"우와! 대단해라! 매일 바쁘지 않아?"

"바쁘지만…… 영양은 중요하니까."

레이의 대답에 주변에 있는 녀석들에게서 감탄사가 터졌다.

본인이 어딘가 미안해하는 얼굴인 건 분명 자작이라고 말해버렸기 때문이겠지.

오히려 나는 잘했다고 칭찬해주고 싶었다.

"와, 아이돌이라는 것만으로도 대단한데 자취까지 하는구나. 굉장해라."

"그러게. 도저히 동갑 같지 않아."

"응? 린타로, 왜 웃는 거야?"

"어, 내가 만든 고기 감자조림이 너무 맛있어서 그만."

"그 정도로? 조금 먹어봐도 돼?"

"그래. 자, 밥 위에 올려줄게."

간접적이라고는 해도 내가 만든 걸 칭찬해주는 건 기분 좋았다.

룰루랄라 유키오에게 반찬을 주며 나는 소소한 만족감에 잠겼다.

◇ ◆ ◇

"미안, 린타로."

"어? 갑자기 왜?"

아이돌 연습을 마치고 우리 집으로 돌아온 레이는 안으로 들어오자마자 머리를 숙였다.

"점심때 린타로가 만들어준 도시락을 내가 만들었다고 했어…….

그러니까, 미안."

"아, 그거."

기억을 더듬어 보니 반 애들 앞에서 도시락을 직접 만들었다고 말해버린 그녀는 무척 미안해하는 표정이었다.

나를 존중해주는 건 고맙지만 조금 과하게 신경 쓰는 것 같기도 하다.

"상관없어. 오히려 직접 만들었다고 해준 덕분에 자연스러워졌잖아. 위험도를 낮추는 건 잘한 일이야."

"……그렇게 말해주면, 조금 편해지긴 하지만."

"아무튼! 내 이야기는 절대 외부에서 발설하지 말 것. 그것만 지켜준다면 뭐든 괜찮아."

"알았어……. 그렇게 할게."

레이는 좋은 녀석이다. 폭주할 때도 있지만 근본이 반듯하고 배려심도 신념도 있다.

처음 내 요리를 먹겠다고 억지를 부렸을 때는 머리가 이상한 녀석이란 생각도 했지만, 이제는 그런 인상도 어디론가 사라졌다.

"자, 칙칙한 표정 거두고 밥 먹어. 뭐, 오늘은 파스타지만."

"파스타?"

"토마토 미트 소스 파스타. 입맛 따라 치즈 가루도 뿌려봐."

빨간 소스를 얹은 파스타를 레이 앞에 내려놨다.

소스 자체는 토마토 캔과 미트 소스를 섞어서 끓인 게 다지만, 간단하기 때문에 안정적인 맛을 낼 수 있다.

남은 소스는 내일 밤에 도리아를 만들 예정이다.

밥을 깔고 그 위에 소스를 얹은 뒤 치즈를 뿌리고 오븐에서 굽는다.

무성의한 게 아니다. 이러한 활용이야말로 전업주부의 비결이다.

"많이 뿌려도 돼?"

"그래. 어차피 재료는 네 돈이야."

"그러고 보니 그랬지."

이해했다는 얼굴이 된 레이가 파스타 위에 치즈 가루를 듬뿍 뿌렸다.

전체적으로 소스가 살짝 하얘졌을 때 그녀는 구석에서부터 돌돌 말아 입으로 가져갔다.

"윽! 맛있어."

"너는 정말 만드는 보람이 있게 반응한다니까. 일단 남았으니까 더 먹고 싶으면 말해."

"줘."

"먹는 것도 빠르네."

레이 몫으로 한 그릇 더 가져다준 뒤 나도 내 파스타를 먹기 시작했다.

특별한 비법이 있는 건 아니지만 집에서 만드는 정도라면 이걸로 충분하지.

순식간에 두 사람 모두 접시를 비운 후 나는 계속 틀어져 있던 TV로 시선을 던졌다.

"정말로…… 대단한 인기구나."

화면 속의 밀스타 세 사람을 보며 나는 무의식중에 그렇게 중얼거렸다.

음악방송, 예능 프로그램, 뉴스, 광고── 최근에는 안 보이는 날이 없을 만큼 그녀들의 활약은 눈부셨다.

그만큼 바쁜 나날을 보내면서도 출석 일수를 지키며 학교에도 계속 다닌다는 초인적인 일정.

새삼 나는 오토사키 레이라는 규격 외의 생물에 시선을 보냈다.

그리고 입가에 묻은 미트 소스의 흔적을 보고 한숨을 한 번 쉬었다.

"……레이, 가만히 있어."

"왜? ……끙."

물티슈로 그녀의 입가를 닦았다.

내가 하는 대로 가만히 있는 레이는 마치 내 자식 같았다.

"고마워. 하지만 부끄러워."

"그럼 조심해. ……내 앞에 있는 오토사키 레이는 TV와는 마치 다른 사람 같은데."

"끙, 다른 사람 아니야. 온과 오프가 확실하게 나뉘어있을 뿐이지."

"하지만 학교에서의 이미지는 제대로 아이돌인걸? 자의식 과잉이라면 미안하지만, 이 집에 있을 때만 유독 늘어지는 느낌이 드는데."

"그건, 그래. 나는 여기 있을 때랑 밀스타 멤버들과 있을 때만 오프로 잡고 있어. 그 외엔 늘 아이돌 스위치 온. 학교에 있을 때도 밖을 걸어 다닐 때도 휴일에도 누가 보고 있잖아. 이미지는 중요해."

그렇구나, 확실히 그렇네.

밖에서 칠칠하지 못한 모습을 사람들에게 보여줬다간 그건 그대로 밀스타의 이미지로 연결된다.

평소처럼 생활하는 것처럼 보여도 사실은 늘 아이돌 모드인 것이다.

"……너 대단한데. 존경스러워."

"그건 피차일반. 나는 린타로처럼은 절대 못 해."

"바빠서 그런 거잖아? 시간만 있으면 너도――."

"아니야. 확실히 요리는 할 수 있을지 모르지만, 린타로는 그 이상으로 세세하게 많이 배려해줘."

레이는 내가 가져온 커피 머그컵을 들었다.

그대로 한 모금 마시더니 후우 숨을 내쉬었다.

"이 커피도 내 입맛대로. 이제 아무 말 안 해도 맞춰서 타 줘."

"뭐, 그렇지."

"내가 한 번 좋아한다고 말했던 요리나 음료를 잘 기억해주고, 만들어줘. 교복에 주름이 지면 어느새 다림질해주고, 나만 쓰는 샴푸나 보디소프도 떨어지지 않도록 챙겨주고."

"……당연한 거 아니야?"

"절대 아니야. 적어도 나는 그렇게 못 해."

"그런 건가……?"

칭찬을 들으니 조금 쑥스럽지만, 딱히 의식적으로 했던 행동이 아닌 만큼 곤혹스럽기도 했다.

딱히 배려하려는 의도는 아니었다. 그냥 이렇게 하면 좋아해 주겠거니 하고 자연스럽게…….

아, 이게 배려하는 건가.

"뭐, 하지만 별로 고통스러운 것도 아니고……."

"분명 그게 자연스러운 거야. 나도 아이돌 일은 쉽지 않지만 고통스럽진 않아."

"흐응……. 그럼 아마 그런 거겠네."

"응. 그런 거야."

레이가 쾌적하게 지내주는 것만으로도 나는 얼마든지 일할 수 있을 것 같았다.

내가 한 일이 누군가에게 도움이 된다는 게 그만큼 의욕 유지로 이어진다.

처음에는 얌전히 받아들였지만, 솔직히 말해서 이제는 딱히 돈도——.

"아, 린타로. 내일은 조금 부탁이 있어."

"응? 뭔데."

"내일은 학교 쉬는 날이니까 오전부터 연습이야. 거기에 가져갈 도시락 3인분 만들어줘."

"3인분?! 너 얼마나 먹으려는 거야…….."

"아니야. 아무리 그래도 그렇게 대식가는 아냐."

"설득력이 없는데. 아무튼, 왜 3인분이야?"

"밀스타 멤버들에게 린타로 이야기를 했어. 그랬더니 두 사람도 린타로의 요리를 먹어보고 싶대."

"내, 내 이야길 했다고?! 나 아까 외부엔 말하지 말라고 했잖아."

"두 사람은 내겐 외부인이 아니야. 게다가 두 사람을 신뢰해. 괜찮아."

"네가 그렇게까지 말한다면…… 믿을게."

뭐, 밀스타 멤버에게도 레이의 스캔들은 본인의 목을 조르는 셈이다.

경솔하게 떠들고 다니는 일은 없을 테지만, 역시 레이의 위기관리 능력은 장차 단련해나갈 필요가 있을 것 같다.

"3인분 만드는 건 딱히 상관없어. 으음, 카논과 미아였지? 입맛 같은 거 모르니까 레이와 같은 메뉴가 될 텐데, 그래도 괜찮은 거지?"

"응. 두 사람도 먹지 못하는 거 거의 없으니까 뭐든 맛있게 먹어줄 거야."

"그렇구나. 그럼 편하게 만들어야지."

이상하게 들렸을지도 모르지만, 나에게 요리는 조금 만드는 것보다 많이 만드는 게 더 편하다.

물론 작업량이 달라지는 건 아니나 똑같이 수고해도 2인분보다는 4인분을 만드는 게 이득 본 기분이 든다는 뜻이다.

"다만 지금부터면 대단한 건 못 만드는데……. 모처럼의 기회지만 아침에 만들 수 있는 것만으로 보완할 필요가 있겠어."

"그런 거라면 제안이 하나 있어."

"뭔데."

"점심에 린타로가 가져다주러 오면 돼. 그러면 점심때까지 시간 있잖아."

"내가?! 아니, 아무리 그래도 무슨 낯으로 가져가야 하는지 모르겠는데……."

"괜찮아. 내일은 개인 연습 날이라 연습용으로 빌린 스튜디오에 우리밖에 없어. 게다가 두 사람도 린타로를 만나고 싶댔어. 물론 린타로가 싫다면 거기까진 안 해도 돼."

"으음……."

귀찮은 일거리라고 봐야 하나, 아니면 모처럼 생긴 기회라고 봐야 하나.

같은 반인 레이는 그렇다 쳐도 다른 두 사람은 그야말로 화면 너머로밖에 볼 수 없는 상대다.

그런 사람들이 만나고 싶어 한다니, 평범한 인생이라면 말도 안 되는 일이다.

애초에 레이를 돌보는 입장으로서 먼저 인사해둬야 하는 건지도 모른다.

다행히 마감도 넘겨서 유즈키 선생님도 아직 여유롭게 일하는 상태다.

내가 아르바이트를 하러 가는 건 다음 주부터다.

"……알았어. 레이의 동료에게 어중간한 요리를 먹일 수도 없으니까. 장소만 가르쳐줘. 12시 이후에 가져갈게."

"고마워. 두 사람도 기뻐할 거야."

"그렇다면 좋겠는데……."

나는 평범한 고등학생. 그에 비해 상대는 국민적 아이돌.

그런 대단한 양반들이 내 요리를 먹고 싶어 한다니, 평소에도 의심이 많은 나로서는 쉽게 믿기지 않는다. 하지만 레이가 거짓말을 한 것 같지도 않고── 으음.

'뭐, 세세한 건 패스. 나는 도시락을 싸서 가져가면 돼.'

쓸데없이 무언가를 기대하지도 말고, 그냥 시킨 걸 행한다.

……사인해달라고 하는 정도라면 괜찮을까? 괜찮겠지?

"여기냐……."

나는 눈앞에 우뚝 선 고층 빌딩을 올려다보았다.

여기는 레이의 소속사인 판타지스타 예능의 건물이다.

이런 곳과는 연이 없는 나는 안에 들어가기 전부터 조금 긴장했다.

뭐, 여기에 있어봤자 시간만 날릴 뿐이지.

나는 심호흡한 뒤 빌딩 안으로 발을 들여놓았다.

"저기, 실례합니다."

"네, 용건을 말씀해주세요."

"12시에 밀피유 스타즈의 오토사키와 약속이 있는 시도라고 합니다. 연결해주실 수 있을까요?"

"……잠시 기다려주세요."

접수처 직원에게 오토사키의 이름을 꺼내자 잠시 여기서 기다려달라고 했다.

갑자기 고등학생 꼬마가 그녀의 이름을 언급하니 약간 의아한 시선으로 보긴 했지만, 뭐 어쩔 수 없지.

그로부터 약 2분.

엘리베이터가 1층으로 내려오더니 그 안에서 활동성이 좋은 옷을 입은 레이가 나타났다.

"기다렸지? 안은 복잡하니까 안내할게."

"어, 어어……."

"응? 왜 그래?"

"아니…… 평소와는 분위기가 달라서."

"그래?"

평소에는 풀고 다니는 머리카락을 한 갈래로 묶어서 어딘가 스포츠 소녀라는 인상을 주었다. 복장도 검은색 언더 셔츠 위에 하얀색 민소매, 아래는 핫팬츠라 레이의 잡티 하나 없는 허벅지가 노출되어 있었다.

"저기, 이대로 도시락만 주고 돌아갈 수는 없어?"

"안 돼. 이미 둘 다 기대하고 있어."

"하아……. 왜 나 같은걸."

'이쪽이야'라는 그녀의 말을 따라 손을 붙들려 엘리베이터로 끌려갔다.

그대로 10층 정도 올라간 뒤 긴 복도로 나왔다.

복도에는 방이 여럿 있었는데, 각자 번호가 붙어 있었다.

"혹시 이게 전부 스튜디오야?"

"맞아. 음악 계열 아티스트가 많으니까 사무소 안에 스튜디오가 많이 있어."

"돈 많이 들였네……."

"이 빌딩도 약 5년 전에 새로 세운 거야. 대형 사무소는 역시 대단하지."

레이는 주저 없이 복도를 걸어가 모퉁이를 한 번 꺾었다.

그 안쪽에는 방음실인 듯한 튼튼해 보이는 문이 있었다.

아니. 애초에 여기까지 오면서 본 문은 전부 다 방음 설계가 되어있는 모양이었다.

"들어가."

무거워 보이는 문을 천천히 연 레이의 인도로 나는 스튜디오 안에 들어갔다.

안에 들어가자 벽 한 면에 붙은 거울과 거대 스피커가 보였다.

그리고————스튜디오 벽에 몸을 기댄 두 명의 인간이 담소하는 모습도 보였다.

TV에서 많이 본 그 두 사람은 내가 들어온 걸 알아차리더니 흥미진진한 시선을 보냈다.

"다녀왔어? 레이. 그 사람이 네가 말했던 '린타로'?"

"맞아. 도시락 가져왔어."

"에고, 고집부려서 미안해."

그렇게 말하며 머리를 긁적인 건 밀스타의 활기 담당이라고도 할 수 있는 존재, 카논이다.

빨간 트윈테일이 트레이드마크인 그녀는 나와 동갑이라는 걸 알고 있어도 약간 어려 보였다.

옆에 선 또 한 명의 멤버와 비교하면 더욱 그랬다.

"번거롭게 해서 미안해, '린타로'. 하지만 레이가 잘 따른다는 남자가 어떤 사람인지 꼭 보고 싶었거든. 나쁘게 생각하지 말아줘."

밀스타의 세 번째 멤버, 미아.

그녀는 쿨뷰티—— 굳이 따지자면 왕자님 캐릭터로 인기를 누리고 있다.

왕자님이라고 불리는 만큼 이목구비는 귀엽다기보다는 아름다운 느낌.

남장이라도 했다간 남자가 질투할 수준의 미모를 자랑했다.

하지만 그건 얼굴만 그렇다는 소리고, 몸은 레이에 뒤지지 않을 만큼 굴곡이 뚜렷하다.

"아니야, 괜찮아. 나도 밀스타의 팬이라 세 사람이 내가 만든 도시락을 먹어준다는 건 생각지도 못해서 무척 감격했어. 번거롭게 했다거나 그런 건 신경 쓰지 마."

"" …….""

" ……어라?"

나는 대외용 미소를 지으면서 혼신의 다정 보이스를 꾸며냈으나, 내 인사를 받은 두 사람은 얼떨떨한 표정이었다.

뭔가 실수라도 했나? 당황과 불안이 섞여서 무심코 레이에게 시선을 던졌다.

"아, 두 사람에겐 이미 린타로 이야기 많이 했어. 입이 조금 거칠다거나, 평소엔 아닌 척 가면 쓴다거나."

"먼저 말했어야지! 그런 줄도 모르고!"

즉 이미 이 두 사람은 내 본래 태도를 알고 있다는 소리다.

망할. 스윗가이 캐릭터로 밀고 가려고 했는데.

"픕…… 아하하하하! 역시 들었던 대로 린타로는 재미있는 남자잖아!"

"쯧, 뭐 됐어. 그보다 너, 난데없이 린타로는 너무 거리감이 없는 거 아니야? 친구도 아니면서."

"뭐 어때. 아이돌이 이름을 불러주는 건데. 팬이라면 기뻐할 만한 서비스잖아?"

"딱히 팬도 아니고."

"뭐?! 아까 그건 태도만이 아니라 내용도 거짓말이었어?!"

"맞아. 아무리 국민적 아이돌이라지만 모든 사람이 다 팬이라고 생각진 마라."

"뭐야! 아니, 하지만 레이가 성은 안 부르고 이름만 알려줬단 말이야! 게다가 너도 우리 이름밖에 모르잖아?"

"……그건 그렇지."

나는 카논도 미아도 예명밖에 모른다.

듣고 보면 본명을 아는 건 레이뿐이다.

"그거 보라지. 그러니까 나는 잘못 없어!"

재잘재잘 쏟아내는 저 입은 마치 시끄러운 새 같았다.

확실히 틀린 말은 아니었다.

틀린 건 아니지만──.

"……뭔가 태도가 열 받아."

"보통 연예인에게 그렇게 나오기야?! 너 대단하구나?"

"이번만큼은 내가 유리하잖아. 나한텐 이 도시락을 마음대로 할 권리가 있어."

나는 카논의 눈앞으로 가져온 도시락을 들이밀고 흔들었다.

그러자 그녀의 배에서 커다란 소리가 나더니 흔들리는 도시락 상자에 끌려가듯 시선이 왔다 갔다 움직이기 시작했다.

"저런, 상당히 시장하신 모양입니다? 정 간절하시다면 드릴 수도 있는데요?"

"서, 성격 더러워!"

"마음대로 말하라지! ──뭐, 레이와 계약한 게 있으니까 줄 수밖에 없긴 한데."

"너 뭐야?!"

흠, 카논은 생각보다 놀리는 맛이 있는 타입이구나.

나는 그녀의 눈앞에서 도시락 상자를 내려놓고 뚜껑을 열어 안을 보여주었다.

그러자 지금까지 씩씩거리던 카논의 표정이 바뀌더니, 동시에 옆에 있던 미아도 감탄한 목소리를 흘렸다.

"와, 요리 실력도 듣던 것 이상이야. 우리를 위해 이렇게 정성스럽게 만들어준 거야?"

"일단은. 평소 레이에게 변변치 않은 걸 먹인다고 찍히면 꼬우니까 힘 좀 줬어."

도시락 상자에는 소스에 졸인 햄버그와 닭튀김 등 고기 종류 말고도 감자 샐러드, 아스파라거스 베이컨 말이 등을 담았다.

햄버그는 당연히 레토르트가 아니라 직접 만들었고, 닭튀김도 독자적으로 배합한 간장과 마늘을 사용한 소스에 하룻밤 재운 닭고기를 사용했다.

레이가 망신당하게 할 수도 없으니까 상당히 진심을 발휘해서 만들었다는 자각은 있었다.

"헉……. 진짜야? 이 햄버그도 직접 만들었어?"

"당연하지. 레이의 도시락을 만들 때는 레토르트나 냉동식품은 안 써."

어지간히 시간이 없을 때 말고는——.

"뭐, 뭔가…… 굉장히 진 기분이야."

경악한 카논을 뒤로 나는 세 개 만들어온 도시락 중 하나를 들고 레이에게 내밀었다.

"자, 네 몫이야. ——왜 그래?"

"……별로."

레이는 어딘가 기분이 안 좋은 듯 시선을 돌렸다.

도시락의 내용이 마음에 안 들었던 거냐고 물어봤지만, 거기에는 고개를 저었다.

"아니. 그런 거 아니야."

"그럼 뭔데."

"처음 만난 건데 카논과 왠지 친해 보여."

지금 그걸 보고 친해 보인다니, 이 녀석 눈은 옹이구멍인가?

"어라라? 흐응……. 레이는 절친인 이 카논이 다른 사람과 친하게 지내는 걸 보고 질투했구나? 요 귀염둥이!"

"그것도 있고, 갑자기 린타로와 친하게 노는 것도 질투나. 그러니까 둘 다."

"……너 진짜 느어어어무 솔직하다."

아까까진 놀리는 듯한 시선을 보내던 카논이 지금은 기가 막힌다는 표정이었다.

최근 레이와 알고 지내면서 알게 된 사실이지만, 확실히 그녀는 요즘 세상에 보기 드문 수준으로 솔직하고 겁 없이 발언해댄다.

본래 질투라는 감정은 남에게 말하기 어려워하는 부분이라고 보지만 그녀에게는 아닌 모양이었다.

"워워, 친구가 늘어나는 건 좋은 일이잖아. 나도 새 친구를 사귀어서 기뻐, 린타로."

"너희들…… 경계심이 좀 너무 없는 거 아니야? 일단 일반인 남자니까 경솔하게 친구 같은 소리 하지 말고 조금 더…… 그, 뭔가 있잖아?"

"어라? 너는 우리에게 친구 소릴 듣는 게 불만이야?"

"아니, 딱히 불만이라고 할 정도는……. 하지만 지인이어도 되지 않아?"

"불만이 아니라면 내가 뭐라고 부르든 내 마음이지? 확실히 아직 지인 수준일지도 모르지만 언젠가는 깊은 관계가 될 예정이니까 틀린 말은 안 했어."

"확실히—— 아니, 깊은 관계라니 무슨 관계야."

"깊은 관계는 깊은 관계지. 어떻게 해석할지는 맡길게."

"……나 너 같은 타입은 힘들다."

"나는 너의 그런 솔직한 점이 꽤 마음에 들어. 앞으로 잘 부탁해."

"잘 지낼지 말지는…… 어휴, 생각해 볼게."

내 대답에 어느 정도 만족한 건지 미아는 유쾌하다는 듯 웃었다.

어쩐지 터무니없는 인간의 눈에 든 느낌이다.

분명 이 녀석은 레이보다 더 성가시다.

교활하다고 해야 하나, 책략가라고 해야 하나—— 이런 말은 하고 싶지 않지만, 나와 정반대인 것처럼 보이지만 사실은 아주 비슷한 타입이다.

"린타로의 커뮤니케이션 능력을 얕봤어. 설마 이렇게 빨리 두 사람과 친해질 줄이야."

"친해졌다고……? 정말 그렇게 보인다면 네 눈은 역시 옹이구멍이겠지."

이제야 알겠다.

레이를 포함해 밀스타 세 사람과 나는 사는 세계가 다르다.

감수성이라고 해야 하나, 뭐라고 해야 하나.

같은 하늘을 이고 살 수 없다는 건 아니지만, 친화적이냐 아니냐고 묻는다면 대답은 아니오일지도 모른다.

──아무튼.

"우선 도시락부터 먹어. 식든 안 식든 상관없긴 하지만, 빨리 먹는 게 제일 좋으니까."

"혁, 그렇지. 그럼 이 카논 리포터가 레이 돌보기를 맡길 수 있는 인재인지 아닌지 제대로 맛을 봐주겠──흐읍, 맛있어! 이 닭튀김 뭐야?!"

"너 반응 정말 부산스럽다……."

입에 넣은 뒤로 반응할 때까지 너무 빠르다.

어느 의미 이 녀석의 음식 후기는 흥행할 것 같다.

"음, 상상 이상이네. 식었는데도 바삭바삭하고……. 햄버그도 깜짝 놀랄 만큼 부드러운데 형태가 무너지지 않았어. 게다가 데미글라스 소스의 맛은 시판 소스 이상으로 완벽해. 레이가 옆에 두고 싶어 할 만도 하네."

"네 음식 후기는 정반대로 완벽하고⋯⋯."

"사실을 말한 것뿐이야."

세 사람이 각자 뚜렷한 개성을 지녔다는 게 밀스타의 장점이겠지.

카논과 미아만으로도 이만큼 차이가 나는데, 남은 레이의 반응도 두 사람과는 완전히 달랐다. 정신없이 흡입하는 중이다.

일절 한눈을 팔지 않고 오로지 눈앞의 도시락에 집중하고 있는 모양이었다.

조금 무섭다.

"음, 뭐. 합격점이랄까? 이 정도면 레이 돌보기를 맡겨줄 수 있겠어!"

"합격점이라니⋯⋯. 너 가장 먼저 맛있다고 소리쳤잖아."

"치, 칭찬한 거니까 문제없잖아! 아니면 뭐야! 더 칭찬해달라고?! 그럼 말해줄게! 맛있어! 고급 고깃집의 특상 소갈비 도시락과 필적할 정도로!"

"먹어본 적은 없지만 대충 알겠어⋯⋯. 그래, 맛있었다면 다행이고."

"내가 이렇게 누굴 칭찬하는 건 이 두 명 말고는 거의 없거든! 고마워하라고! 그리고 만들어줘서 고마워! 이걸로 말 안 한 건 없는 거지?!"

"츤데레 캐릭터인 줄 알았는데 되게 솔직하구나, 너."

외모만 보면 영락없이 그쪽인데. 사기잖아.

아니, 딱히 이 녀석에게 그럴 의도는 없었겠지.

"린타로, 고마워. 아주 맛있었어."

"벌써 다 먹었냐……. 그렇게 급하게 쑤셔 넣고 오후에 움직일 수 있겠어?"

"괜찮아. 이미 소화가 시작된 감각이 느껴져. 오히려 구석구석 에너지가 보급되어서 기력 풀충전."

"네 몸은 대체 어떻게 생겨 먹은 거야."

조금은 신경 써서 기름을 줄인다거나 하는 식으로 조절하긴 했지만 이렇게 빨리 소화가 시작될 리 없다.

아마 레이의 몸이 특수한 거다. 이 이상은 파고들지 말자.

"……그럼 슬슬 돌아갈게. 내 할 일은 끝난 거지?"

"어라? 그렇게 매정한 소리 하지 말아줘. 괜찮다면 우리가 연습하는 거 보고 가지 않을래?"

"연습?"

"그래. 지금부터 다음 라이브에서 할 퍼포먼스를 처음부터 끝까지 한 바퀴 점검할 생각이거든. 마침 2주년 기념 라이브라 셋다 특히 기합이 들어간 상태지."

"그거 무지 길어질 것 같은데."

"대략 2시간 정도일까. 그래도 내 입으로 말하는 건 조금 그렇지만, 우리의 퍼포먼스를 코앞에서 보는 기회는 잘 없지 않을까? 게다가 나도 관객이 있는 게 분위기가 살고."

"확실히 그렇긴 한데……."

미아의 주장에 나는 곁눈질로 레이에게 시선을 보냈다.

──왜 이 녀석도 기대하는 눈빛으로 나를 쳐다보는 거냐.

입장상 아무래도 레이에게 약하다.

내가 강하게 거부하면 분명 쉽게 돌아갈 수 있을 테지만, 그러면 레이는 슬퍼하겠지. ……아마도.

"아, 알았어……. 모처럼 생긴 기회니까."

"그렇게 나오셔야지. 우리도 실전이라는 마음으로 임할 테니까."

미아는 즐겁다는 듯 스피커로 걸어가 아마추어의 눈엔 뭘 하는 건지 알 수 없는 조작을 하기 시작했다.

그 옆에 앉아있던 카논은 한숨을 한 번 쉬었다.

"그거 알아? 우리 라이브 티켓은 정가로도 은근히 비싼데, 프리미엄이 붙으면 두 배 이상 뛰거든? 뭐, 정가 이상으로 양도하는 건 애초에 아웃이지만……. 그래도 사겠다는 팬이 있을 정도로 가치가 높아. 대단한 이득이지."

"듣고 보니 확실히 이득 봤다는 느낌이 드는데……."

"아니, 애초에 인생은 손해 본 게 아니면 다 이득이야! 자, 빨리 여기에 앉아!"

"아, 알았다고."

카논이 내 어깨를 붙잡아 그 자리에 앉혔다. 마침 세 사람을 정면에서 볼 수 있는 위치. 확실히 이건 팬이라면 참을 수 없는 특등석이다.

손해 본 게 아니면 이득. 뜻밖에 감명 깊은 말이었다.

어차피 집에 돌아가서 할 일도 없었으니 그냥 포기하고 이 상황을 즐겨버리자.

"린타로."

"왜 불러……."

"봐 줘."

"……그래, 알았어."

내 대답을 듣고 만족한 건지 레이는 스튜디오 중앙에 섰다.

그리고 옆에 선 카논, 미아와 눈을 마주치더니 살며시 눈꺼풀을 감았다.

원, 투.

레이의 카운트에 맞춰서 세 사람이 일제히 점프했다.

그와 동시에 스피커에서 밀스타의 노래가 흘러나왔다.

나도 아는 노래인 밀스타의 데뷔곡이다.

'역시…… 전혀 달라.'

조금 전까지 보던 세 사람과는 분위기가 전혀 다르다.

고저차는 없는데도, 바로 앞에── 손이 닿는 거리에 있는데도, 어째서인지 머나먼 존재로 보였다.

마치 무대 위에 있는 것 같은, 그런 감각.

중앙에 선 레이가 몸을 돌리자 거기에 맞춰서 카논도 미아도 빙글 돌았다.

놀랍게도 타입이 완전히 다른 세 사람의 움직임이 이때만큼은 완벽하게 일치했다.

심지어 그걸 노래하면서 하고 있다.

그런데도 어째서인지 각각 개성이라고 부를 수 있는 부분만은 뚜렷하게 나와 있었다.

　아마추어의 눈으로는 대단한 감상평도 할 수 없지만, 분명 이게 밀스타를 일류로 만드는 부분이겠지.

　열정적인 댄스곡에서 차분한 발라드에 밝고 귀여운 노래까지, 밀스타 세 사람은 완벽한 노래와 춤을 보여주었다.

　엔딩 포즈를 취한 뒤 꾸벅 인사하는 것과 동시에 세 사람은 크게 숨을 내쉬었다.

　이것으로 라이브 자체는 끝인 모양이었다.

　무심코 박수를 보내던 나에게 레이가 시선을 던졌다.

　"……어쨌어?"

　"박수야, 박수. ……대단했어. 좋은 걸 봤는데."

　"그럼, 다행이고."

　안도한 듯 웃는 레이의 뺨으로 한줄기 땀이 흘렀다.

　춤추면서 노래하는 것. 그게 얼마나 힘든 일인지를 저 땀이 보여주고 있었다.

　"흐흥! 조금은 존경스러운 마음이 들어?"

　"그래. 여기 막 왔을 때보다 존경심이 커졌어."

　"……뭐야. 순순히 칭찬해주니까 좀 소름 돋는데."

　"너는 뭘 원하는 거냐……."

　칭찬했는데도 불만이란 표정이 돌아오면 이쪽도 난감하다.

　일단 카논은 방치하기로 한 나는 미아에게 시선을 돌렸다.

　"그…… 고마워, 미아. 정말 좋은 경험이었어."

"다행이야. 도시락을 가져다준다면 또 언제든지 보여줄게. 그만큼 나는 네 요리가 마음에 들었거든."

"일반인이 만든 도시락이 어디가 그렇게 마음에 들었길래……? 나는 영 모르겠어."

"글쎄. 하지만 무척 따뜻한 기분이 들더라고."

"내 도시락을 먹고?"

"그래. 역시 학생과 연예인을 겸업하다 보면 조금씩 스트레스가 쌓이거든. 지금 생활은 만족스럽고 즐겁지만…… 가끔 평범한 학창 시절을 보내는 아이들이 부러울 때가 있어."

"……아하, 그렇구나."

"이해해주는 거야? 네 도시락에는 그런 나에게 '평범한 고등학생'의 기분을 떠올리게 해줬거든. 이건 정말 고마운 일이지."

미아의 주장에 레이는 고개를 끄덕였고 카논은 말없이 얼굴을 돌렸다.

부정하지 않는 걸 보면 아무래도 두 사람 다 같은 기분인 모양이다.

그제야 레이가 내 요리를 마음에 들어한 이유를 이해했다.

"맞아, 모처럼이니 나와 연락처를 교환하지 않을래? 이미 레이와는 연락하고 있지?"

"그래……. 뭐, 그 정도는 상관없는데."

"좋아좋아. 아, 참고로 지금 알려주는 건 업무용이 아니라 사생활용이니까 절다 다른 사람에게 알려주면 안 된다?"

"안 퍼트릴 테니까 안심해."

우리는 각자 스마트폰을 꺼내 메시지 애플리케이션의 연락처를 교환했다.

같은 반 애들의 이름이 즐비한 목록 속에 조금 이질적인 이름이 추가되었다.

"잠깐! 거기서 교환하면 나만 왕따가 되잖아! 나하고도 교환해!"

"상관은 없는데……. 딱히 연락할 용건도 없잖아?"

"이런 건 교환해두는 거에 의미가 있다고! 언제든 연락할 수 있다는 것만으로도 꽤 안심된단 말이야."

"그건 뭐, 그렇지."

결국 카논과도 연락처를 교환하자 내 새 친구 항목에 아이돌이 두 명 떠 있게 되었다.

그나저나── 우가와 미아, 히도리 카논이라니…… 진짜 본명이잖아.

"좋았어. 쉬는 시간이나 밤이라면 상대해줄 테니까 재미있는 이야기라도 보내봐."

"그런 일에 노력을 할애할 마음은 없어. 너무 기대하지 마."

나는 복장을 정돈하며 일어난 뒤 세 사람의 도시락 상자를 집어들었다.

정말로 깨끗하게 싹싹 긁어먹었구나. 상자가 너무 가볍다.

"아, 레이. 오늘은 어떻게 할 거야? 평소처럼 할 거면 밥 차려놓고 기다릴게."

"응, 부탁해."

"알았어. 그럼 나는 이만 돌아간다."

이 이상 여기에 있어도 방해가 될 뿐이다. 나는 세 사람에게 등을 돌려 스튜디오의 출구로 향했다.

"린타로."

"왜?"

"또 봐."

"……그래, 또 보자."

또 보자라.

묘하게 머리에 달라붙는 미아의 말에 당황하면서도 나는 스튜디오를 뒤로했다.

오늘 한 경험을 통해 한 가지 정한 것이 있었다.

레이가 귀가하면 바로 이야기해야겠지.

받아들여 준다면 좋겠는데——.

"둘 다, '그 일' 생각해봤어?"

"응. 나는 문제없다고 생각해. 카논은?"

"……처음에는 좀 반대했지만, 믿을 수 있을 것 같은 녀석이란 건 알았어. ……괜찮지 않을까? 나도 문제없다고 봐."

"——고마워. 그럼 오늘 밤에 말할게."

시각은 밤 8시가 조금 지나서.

진작에 집에 돌아와 있던 나는 레이가 먹을 저녁을 차리고 있었다.

메뉴는 토마토 소스를 뿌린 양배추 롤에 콩소메 수프.

양배추가 다소 저렴하게 들어왔기 때문에 오늘은 넉넉하게 사용해봤다.

토마토 소스도 케첩을 베이스로 했으니 맛 자체는 절대 나쁘지 않은 완성도가 나왔다.

"……슬슬 올 때가 됐나."

스마트폰의 시계로 시간을 확인한 직후, 현관 쪽에서 문이 열리는 소리가 들렸다.

이어서 슬리퍼가 복도를 마찰하는 소리.

"다녀왔어. 조금 늦었어. 미안."

"괜찮아. 마침 지금 완성된 참이거든."

"다행이다."

거실에 들어온 레이는 조금 피곤한 얼굴이었다.

내 앞에서 전력으로 춤추고 노래한 뒤에도 계속 연습했을 테니까 당연했다.

"보아하니 금방 잠들어버릴 것 같은데……. 먼저 목욕하고 와. 요리는 식지 않도록 끓이고 있을 테니까."

"그럼 그렇게 할게. 고마워."

순순히 욕실로 향한 그녀는 약 20분 정도 후에 거실로 돌아왔다.

조금 축축한 머리카락으로 식탁에 앉은 그녀는 어딘가 매혹적이라 이때만큼은 매번 직시할 수 없다.

"오늘은 양배추 롤이야. 위에 뿌린 소스를 잘 굴려서 먹어."

"이것도 좋아해……! 잘 먹겠습니다."

여전히 맛있게 먹는 레이를 보며 내 안에 만족감이 찰랑찰랑 차올랐다.

동시에 나는 한 가지를 결심했다.

"레이."

"왜?"

"이거 돌려줄게."

나는 레이의 눈앞에 지폐가 들어있는 봉투를 내려놓았다.

이건 그녀에게서 보수로 받은 50만 엔이다.

이 돈을 받은 뒤로 한 번도 쓰지 않고 계속 보관하고 있었다.

"……왜?"

"계약 내용을 갱신하고 싶어."

이어서 노트를 꺼내 테이블 위에 펼쳐놨다.

거기에는 내가 고안한 새 계약 내용이 적혀 있었다.

"먼저 월급제도는 폐기. 오토사키 레이가 지불하는 건 이 집의 집세와 광열비, 그리고 요리 재료비뿐이야. 조리기구가 망가졌을 때는 그때 별도로 상의. 경우에 따라서는 내 저금으로 구매."

"하지만 그러면——."

"이만큼 낸다고 해도 아마 10만 엔도 안 되겠지. 그리고 그 대신 내 업무량을 줄여줘."

"무슨 뜻이야?"

"여기 적힌 대로야. 먼저 수요일 저녁, 그리고 주말 점심과 저녁은 밥을 안 차린다. 뭐, 미리 데워서 먹을 수 있도록 만들어놓기는 할 거지만. 이건 내 아르바이트 쪽 사정 때문에 그래. 도와주러 가는 날짜가 정해져 있거든."

그리고——.

나는 노트 맨 마지막에 적은 문장을 손가락으로 두드렸다.

"자고 가는 건 피치 못할 사정이 없는 한 일절 금지."

"어……."

"그렇게 충격받은 표정 지어도 안 돼. 본래 다 큰 남녀가 한 지붕 아래에서 같이 자는 것 자체가 이상하다고. 게다가 오늘 새삼 느꼈어. 나 때문에 너희의 꿈이 망가지게 된다면 분명 평생 후회하면서 살 거야."

그래. 결국은 겁을 먹었다.

레이가 이미 은퇴를 생각하는 나이라면 모를까, 앞으로 한참 더 활약할 수 있는 상황에서 발생하는 스캔들은 그녀에게서 미래를 빼앗을지도 모른다.

그리고 오토사키 레이에게서 미래를 빼앗는다는 건 동시에 다른 두 사람의 미래도 빼앗는 셈이다.

나는 도저히 그런 중압감 속에서 생활할 수 없다.

"으음, 그리고 이건 근거 없는 이야기지만 레이가 처음 말했던, 내 요리는 따뜻하다는 거 말인데……. 오늘 미아가 자세히 표현해준 덕분에 새삼 자신감이 생겼어. 하지만 월급제로 밥을 만든다면 그건 가게에서 사 먹는 것과 다를 게 없잖아? 거기에 안주했다간 언젠가 그 따뜻함을 잊어버리는 게 아닐까 해서."

세상 주부들이 돈을 받으면서 일하지 않는 것처럼, 그걸 지향

한다면 나도 같은 환경이어야 한다.

필요한 건 의무가 아니라 배려심——이라고 하니까 오그라들지만, 레이가 원하는 건 요컨대 그런 것이겠지.

금전거래는 필요 없다.

그래도 집세나 기타 등등을 요구한 건 완전히 무상으로 받아들일 만큼 나도 착한 사람은 되지 못한다는 것뿐이다.

어느 의미 이건 장래를 위한 예행연습이라고도 할 수 있다.

"린타로가…… 그렇게 하고 싶다면, 이 조건이어도 괜찮아."

"뭐야. 되게 순순하네."

"자지 못하게 되는 건 좀 곤란해. 하지만 린타로가 하는 말은 아마 옳아. 그러니까 받아들여야 한다고 생각했어."

"……그러냐."

"하지만 역시 왔다갔다하는 건 번거로워."

"음, 그렇지."

"그래서, 나도 제안이 하나 있어."

레이는 눈을 빛내며 손가락을 하나 세웠다.

그녀의 이런 표정은 본 적이 있다.

나에게 이름으로 불러 달라고 강요했을 때와 같은, 막무가내로 밀어붙이는 이 느낌.

어쩐지 불길한 예감이 든다.

"나는 곧 혼자 살기 시작해. 이건 지금 정한 게 아니라 가족하고 멤버 두 사람과도 상의해서 정한 거야."

"그, 그래……?"

"사실 카논의 아버지가 부동산업자야. 그래서 이미 맨션 빌리기로 계약 끝. 거기에 카논도 미아도 같이 살기로 했어. 사무소와도 가깝고, 효율적이니까."

"같이 숙소 생활을 한다는 거야?"

"조금 달라. 그 맨션은 전부 1LDK라서 셋이 같이 살긴 좁아. 그래서 셋 다 같은 층에 있는 집을 빌려서 생활하는 거야. 하지만 한 층에 호실은 네 개. 우리는 세 명이라 남은 하나는 안 빌렸어."

"설마——."

"그래. 린타로는 그 집을 빌려. 여기보다 집세는 비쌀 테지만 돈은 내가 댈 테니까 문제없어."

"아니, 아니 잠깐만! 입주 심사에서 통과될 리가 없잖아?! 너희와 다르게 나는 평범한 고등학생인데?!"

"그건 카논의 아버지가 어떻게든 해줄 거야."

"하, 하지만 카논과 미아는 싫어하지 않을까? 잘 알지도 못하는 남자가 같은 층에 사는 거잖아."

"그건 괜찮아. 이미 허가받았어."

"허……?"

"오늘 린타로를 스튜디오에 부른 건 카논과 미아가 확인하고 싶다고 해서야. 같은 장소에 살아도 괜찮은지 아닌지…… 두 사람은 문제없다고 결론 내렸어."

설마 오늘의 만남에 그런 의미가 있었다니.

왜 미리 말해주지 않은 거냐—— 아니, 말했다면 심사할 수 없기 때문이겠지.

"맨션 복도는 밖에선 안 보이니까 서로 집을 오가도 안 들켜. 게다가 같은 층에 살고 있을 뿐이니까 같이 있어도 뭐라고 하지도 않아. 방음도 잘 되어있는 집이니까 사생활도 지킬 수 있어."

"……수상할 정도로 매력적인 거 아니야?"

"그건 아닐걸. 이사도 번거롭고, 린타로가 어떤 집에서 사는지만 바뀔 뿐 생활 수준이 올라가는 것도 아니야."

아이돌과 같은 맨션, 그것도 같은 층, 심지어 옆집이라니. 그것만으로도 터무니없는 가치가 창출된다는 걸 이 녀석은 자각하지 못한 걸까.

──아니, 그래.

나한테 그게 별다른 매력이 되지 않는다는 걸 알기 때문인 건가. 아주 잘 알고 있구나.

"……으음. 아무리 생각해도 단점이 없네."

"그렇지?"

"참고로 사무소와 가깝다는 건, 우리가 평소 쓰는 역 근처란 소리지?"

"응. 사무소나 역까지 10분 정도면 가. 학교까지는 세 정거장."

"어……, 그렇겠지……."

"문제 있어?"

"아니, 반대야. 문제가 너무 없어."

레이에게는 일절 말하지 않았지만, 밀스타가 소속된 사무소에서 가까운 역은 내 아르바이트 장소인 유즈키 선생님의 작업실과도 가깝다.

다음 주부터 유즈키 선생님도 원고 마무리에 들어가니 한동안은 다시 출퇴근해야만 한다.

그것도 같은 역이라면 자전거로 이동할 수 있다.

이건 명확한 장점이다.

"――알았어. 내 조건도 받아들여 준다고 했으니까 레이의 제안도 받아들일게."

"! 고마워."

"그래서, 이사 준비 자체는 언제까지 하면 돼? 별로 대단한 이 삿짐도 없긴 하지만……."

"다음 주까지 부탁해."

"너무 빠르잖냐."

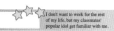

"린타로……. 괜찮아?"

"응……? 어, 문제없어."

"그렇게든 안 보이는데."

앞자리에 앉은 유키오가 걱정하는 표정으로 내 얼굴을 살펴보았다.

스마트폰을 켜 보자 시계는 2교시가 끝난 직후의 시각이었다.

그동안의 기억이 없는 걸 보면 아무래도 나는 학교에 온 뒤로 지금까지 자버렸던 모양이다.

"무슨 일이야? 최근 며칠 사이에 하루하루 피곤이 커지는 것처럼 보이는데."

"아니, 어제부터 다시 아르바이트를 시작했는데 마침 짐 정리와 겹치는 바람에 바빠서……. 미안, 나중에 노트 베끼게 해줄래?"

"그건 괜찮은데……. 이사라도 하는 거야?"

"어. 사정이 좀 있어서……. 학교와 가까워지니까 지금만 버티면 생활하기 확 편해질 거야."

"그렇구나. 그럼 당분간은 놀러 가지 않는 게 좋겠네."

"미안."

"상관없어. 그보다 지금은 보건실에 가서 자는 게 좋지 않을까. 아직 졸려 보이는데."

"아니, 지금까지 계속 개근이었는걸. 이런 곳에서 그 기록을 끝내고 싶지 않아. 그러니까 여기서 잔다."

"무슨 소리야. 출석할 거면 잠 못 자는데?"

"어⋯⋯?"

"잊었어? 3교시와 4교시는 가정과 조리 실습이잖아."

──완전히 까먹고 있었다.

가정과실로 이동한 나는 칠판에 적힌 메뉴표를 훑어보았다.

햄버그와 달걀 수프, 거기에 샐러드를 곁들이는 모양이었다.

밥도 들어가니까 배가 많이 부를 것 같다.

난감하네. 평소처럼 도시락 싸 왔는데.

"결석자는⋯⋯ 없군요. 그럼 지금부터 6인 1조를 만들어주세요. 재료는 각 자리에 갖춰놓았으니 지금부터 알려주는 순서에 따라서 요리합니다. 완성한 그룹부터 먼저 먹어도 돼요."

가정과 선생님이 그렇게 지시하자 적당히 서 있던 반 애들이 우르르 움직이기 시작했다.

6인 1조⋯⋯. 솔직히 귀찮은데.

"저기, 린타로. 나와──."

"이나바! 우리 조에 들어와 주지 않을래⋯⋯?"

"어⋯⋯?"

옆에 있던 유키오에게 5인 그룹의 여학생이 말을 걸었다.

그 안에는 전부터 아무리 봐도 유키오에게 반한 게 틀림없어 보였던 여학생이 한 명 섞여 있었다.

이름이── 그래, 미야모토. 그래, 다른 네 명은 그녀의 사랑을 응원하고 싶은 모양이다.

"하, 하지만……."

"가 봐. 우리 둘이서 뭉쳐도 네 명을 찾는 게 더 귀찮잖아?"

"그, 그건 그래……. 하지만 오랜만에 요리 만드는 린타로를 보고 싶었는데."

"또 집에 왔을 때 보여줄게."

"응……. 그래."

유키오는 어딘가 풀이 죽은 모습으로 여자 5인 그룹에 끼어들었다.

여학생이 먼저 같이 하자고 하는데도 떨떠름한 남학생은 우리 반에선 저 녀석 정도겠지.

아니, 나도 마찬가지인가.

'어디…… 나도 받아줄 만한 곳을 찾을까.'

유키오네 그룹에 등을 돌리고 주변을 둘러보았다.

여자끼리 뭉친 조, 남자끼리 뭉친 조 등 어지간한 그룹은 이미 6명을 모은 모양이었다.

하지만 조급해할 필요는 없다. 우리 반의 재적수는 36명이니까 반드시 어느 한 곳에는 들어갈 수 있다.

"아, 시도! 아직 안 정했으면 우리 그룹에 들어오지 않을래?"

"응?"

말을 걸어서 돌아보자 먼저 눈부실 정도로 상큼한 얼굴이 시야에 들어왔다.

카키하라 유스케. 2학년 중에서는 여자에게 제일 인기가 많기로 유명한 정통파 미남이다.

소문에 의하면 얼마 전엔 모델 사무소에서 스카우트도 받았다고 한다.

1학년 때부터 같은 반이었던 나한테 말하라면 그냥 '좋은 녀석'.

너무 좋은 녀석이라 반대로 친해지려니 거부감이 느껴지는 수준이다.

이 녀석과 같이 있으면 내 못난 부분만 두드러지니까.

"카키하라잖아. 나로도 괜찮아?"

"그래, 물론이야. 마침 5명이 모였거든. 앞으로 한 명이 더 필요했어."

"그랬구나. 그럼 염치 불고하고."

"다행이다! 이쪽이야."

카키하라가 데려간 테이블에는 이미 그룹을 형성한 네 명이 앉아 있었다.

"마지막 한 명 찾았구나! 다행이다."

부드럽게 웃는 검은색 장발 여학생은 니카이도 아즈사.

우리 2학년 A반의 위원장이다.

레이와는 방향성이 다른 일본인다운 미인으로, 스포츠엔 약한 모양이었지만 작년 정기고사에서 5위 아래로 내려가는 걸 본 적이 없을 정도로 공부를 잘한다.

"오! 어…… 그래! 시도다! 미안해, 나 아직 반 애들 이름 다 못 외웠거든."

니카이도 옆에 앉은 갈색 머리의 날라리는 노기 호노카.

교칙이 느슨하단 이유로 늘 교복을 자기 마음대로 편안하게 입고 다녀서 남자들의 시선을 흔들어놓는다.

작년 정기고사 순위에선 이름을 본 적이 없으니 공부를 잘한다는 인상은 아니지만, 운동신경은 좋다.

체육 시간에 주변을 흥분시키는 모습을 자주 본다.

"뭐, 아무튼 이걸로 남녀 비율도 딱 맞았네!"

쾌활하게 웃는 남학생은 도모토 류지.

2학년 중에서는 제일 체격이 좋은 남학생으로, 유도부다. 싸우고 싶지 않은 남자 넘버 원.

참고로 수업 시간에는 맨날 잔다는 인상이다.

소문에 의하면 작년 정기고사 때는 대부분 아슬아슬하게 낙제를 면했다고 한다.

카키하라, 니카이도, 노기, 도모토. 이 네 명은 내가 봐도 스쿨카스트의 한참 상위권에 있는 녀석들이다.

넷이서 같이 모여있는 모습을 자주 보고, 휴일에도 친하게 놀러 다니는 모양이었다.

왜 내가 이렇게까지 얘들에 대해 잘 아는가── 스토커인 건 아니고, 이 정도의 정보는 아마 2학년 전체의 공통 인식이다.

그만큼 눈에 띄는 무리라는 소리다.

미남미녀 집단이고.

그리고 나보다 먼저 와 있던 다섯 명 중 마지막 한 명──.

"리…… 시도, 잘 부탁해."

"……오토사키. 응, 잘 부탁해."

오토사키 레이. 음, 설명 필요 없지?

아마도 카키하라가 같이 하자고 끌어들였을 것이다.

하위 카스트에 있는 사람은 상위 카스트의 사람에게 말을 걸지 못한다는 암묵룰이 있다.

필연적으로 최상층에 있는 레이에게 같이 조를 짜자고 할 수 있는 사람은 같은 최상층 사람뿐이다.

물론 명확한 규칙으로 존재하는 건 아니고, 그냥 막연히 말을 붙이기 어렵다는 것뿐이지만.

"그럼 이 여섯 명이서 힘내보자. 음…… 요리 잘하는 사람 있어?"

자연스럽게 리더를 맡은 카키하라가 우리를 둘러보며 질문했다.

하지만 손을 드는 사람은 없었다.

나는 어느 정도 요리에 자신이 있지만, 여기서 손을 들 마음은 없었다.

같은 반 애들과 어울릴 때는 적당한 포지션을 잡는 게 중요하다.

자랑하는 걸 싫어하는 녀석이 있을 가능성도 고려해서 약간 시간을 끈 뒤에 '못하는 건 아닌 것 같지만…… 잘한다고 하기에는 좀'이라고 대답할 생각이었다.

짐짝이라는 딱지가 붙는 것도 피하고 싶으니까.

그리고 레이. 빨리 손들라는 눈으로 날 보지 마라.

"어…… 나는 햄버그 정도라면 만들어본 적 있어. 잘한다고 할 정도까진 아니지만."

"역시 아즈링! 지난번에 직접 만든 쿠키 가져다줬는데 굉장히 맛있었어! 나 깜짝 놀랐지 뭐야!"

"과, 과찬이야. 호노카."

"아니아니…… . 그 쿠키에는 장래에 좋은 신부가 될 소질이 보였어. 내가 하는 말이니까 틀림없다고!"

"정말이지!"

이게 친한 여학생들 사이에서 오가는 대화인 건가. 조금 적응하기 어려운 분위기구나.

즐겁게 웃는 척하며 나도 조심조심 손을 들었다.

"나도 기본적인 건 할 줄 알…… 거야. 지식이 아예 없진 않으니까."

"아, 다행이야. 나도 못 한다고 할 정도까진 아니지만 거의 옆에서 돕는 정도가 다였거든. 그럼 아즈사와 시도를 중심으로 갈까. 호노카하고 류지는…… 응."

카키하라의 뭐라 말할 수 없는 눈빛이 노기와 도모토를 향했다.

"그 처음부터 기대하지 않는다는 눈 치워!"

"옳소, 옳소! 그야 우리는 시식 전문이지만, 처음부터 그럴 거라고 도장 찍는 건 상처받는다고!"

"우리라니?! 나도 류지보다는 잘할 자신 있거든!"

"거짓말하고 있네! 지난번 발렌타인 때 머리카락 태워 먹었다고 화냈었잖아!"

"그, 그건 우연이거든!"

이 두 사람은 1학년 때도 같은 반이었던가. 어쩐지 사이가 좋더라.

"두 사람은 제쳐놓고…… 오토사키는 어때?"

"나? 나는 요리는 거의━━━."

안 돼. 그 생각이 든 순간 나는 이미 입을 열고 있었다.

"그러고 보니! 오토사키는 평소 직접 도시락을 싼다면서? 대단한데! 아침마다 고생이지?"

"어…… 그, 그래. 도시락, 만들어."

"그럼 요리 할 줄 알겠네. 겸손해하지 않아도 되는데."

나는 레이의 눈을 응시하며 '들키지 마'라고 텔레파시를 보냈다.

무언가를 느껴준 건지 레이는 나만 알아볼 수 있을 만큼 고개를 거듭 끄덕였다.

"하, 하지만…… 햄버그는 별로 자신, 없어."

"그래, 그렇다면 처음에 말한 대로 시도와 아즈사를 중심으로 가자. 오토사키는 조수로 들어가 줘."

"알았어."

그 후 카키하라의 지시를 따라 우리는 각자 작업으로 넘어갔다.

요리 경험자인 나와 니카이도가 중심이 되는 햄버그를 담당하고, 레이와 카키하라가 수프와 밥.

불을 다루지 않는 샐러드는 현재 노기와 도모토가 담당하는 모양이었다.

상당히 적절한 역할 분담이었다.

카키하라 본인에게 자각이 있는지 없는지는 모르겠지만 제법리더 적성이 있다.

"굉장히 익숙하네, 시도."

"어?"

"양파 다지는 솜씨가 훌륭해서 조금 놀랐어."

나는 내 손을 내려다보았다.

가늘게 잘린 양파는 전부 크기가 균일하다고 할 수는 없지만, 잘 살펴보지 않으면 모를 정도로는 비슷비슷했다.

벌써 몇 년씩 반복한 동작이라 그런가, 무의식중에 나온 결과다.

"어, 어어……. 개인적으로 재료 다듬는 걸 좋아하거든. 그래서 연습도 하곤 했어."

"그랬구나. 나는 계속 칼질은 서툴러서……. 봐봐."

니카이도의 도마를 보자 확실히 깔끔하다고 하긴 어려운 다진 양파가 그곳에 있었다.

딱히 서툴다고 할 수준은 아니지만── 본인은 조금 신경 쓰는 모양이었다.

"신경 안 써도 되지 않을까? 제대로 작게 썰긴 했고, 햄버그에 섞으면 못 느낄 거야."

"그런가……?"

"요리는 가게라도 차릴 게 아닌 이상 맛만 좋으면 충분하지. 맛도 본인이나 먹일 상대가 맛있다고 느낀다면 그걸로 충분해. 게다가 입맛에 맞춰서 만드는 것도 꽤 즐겁거든."

"……."

니카이도 쪽에서 들리던 부엌칼 소리가 멈추자 나는 신경 쓰여서 고개를 들었다.

그러자 그녀는 어째서인지 놀란 얼굴로 나를 쳐다보고 있었다.

"왜, 왜 그래?"

"앗…… 그게, 시도가 그런 부드러운 표정도 하는구나 해서."

"어?"

평소에도 스윗가이를 염두에 두고 생활하는데요.

"평소엔 어쩐지 다른 사람들에게 맞춰주고 있다는 느낌의 얼굴이었는데, 지금은 굉장히 진심 같았다고 해야 하나."

"……그래?"

"앗, 미, 미안해. 빤히 쳐다보고 그래서."

"아니, 그건 괜찮은데……."

위원장이라는 간판은 장식이 아니라는 건가.

평소에는 눈에 띄지 않게 적당한 거리감을 유지하려는 나를, 증거는 없다고 해도 간파하고 있었다니.

내 평소 모습을 간파당했다고 해서 딱히 곤란하진 않다.

본모습을 보여주지 않으려는 건 상대방에 대해서 잘 모르는 와중에 나를 드러내는 게 무섭기 때문이다.

유키오처럼 서로 믿음이 탄탄한 거리감이라고 확신하게 되면 가면을 벗고 대화하는 것도 꺼리지 않는다.

"하지만 칼솜씨는 정말 부러워……. 역시 '어머니'에게 배운 거야?"

"윽……."

그때 손가락 끝에 날카로운 통증이 느껴졌다.

아무래도 부엌칼에 베인 모양이었다.

그 사실을 나는 마치 남의 일인 것처럼 멍하니 바라보았다.

"괜찮아?!"

"……어, 문제없어."

나답지 않다며 내심 스스로를 비웃었다.

최근 몇 년 동안 한 번도 없었던 실수를, 설마 이런 타이밍에 저질러버리다니.

살짝 얼떨떨해하는 사이에 주변에서 작업하던 조원들도 무슨 일이냐며 다가왔다.

"시도? 무슨 일 있어?"

"미안해, 카키하라. 손가락을 좀 베였어."

"괜찮아? 우선 보건실에 다녀와. 이쪽은 우리가 할 테니까."

"……알았어. 바로 돌아올게."

교사에게 손가락을 베였다고 알린 뒤 나는 가정과실을 뒤로했다.

가정과실에서 나설 때, 느낄 필요도 없는 죄책감에 표정이 일그러진 니카이도의 시선을 받은 나는 살짝 눈을 깔았다.

"──다 됐다. 그렇게까지 깊진 않으니까 소독과 반창고면 충분하겠네. 당분간 물 쓰는 건 조심해. 쓰라릴 거야."

"알겠습니다. 신세 졌습니다."

"이게 내 일이니까 괜찮아. 자, 수업받으러 돌아가."

보건교사인 미즈하시 선생님에게 치료받은 나는 보건실에서 복도로 나왔다.

반창고가 붙은 손가락을 보며 나는 얼굴을 찌푸렸다.

'설마 듣기만 해도 동요할 줄은 몰랐어…….'

니카이도는 잘못한 게 없다. 이건 내 정신 문제다.

불쾌한 단어를 듣기만 해도 이렇게 되다니—— 제법 충격이다.

우울한 기분으로 가정과실의 문을 열었다.

그대로 카키하라 조에 합류하려고 걸어가자 조원들은 굉장히 걱정하는 얼굴로 나를 에워쌌다.

"시도, 어땠어?"

"큰일은 아니었어. 하지만 물 쓰는 건 조심하라고 하시더라. 이 이상 돕는 건…… 어렵겠네. 미안해."

"그렇구나……. 아, 하지만 신경 쓰지 마. 햄버그라면 이미 아즈사가 구울 수 있는 상태까지 진행해놨으니까 어떻게든 될 거야. 다른 요리도 아마…… 괜찮을 테고."

카키하라가 불안해하는 얼굴로 노기와 도모토를 보자 두 사람은 나란히 엄지를 척 들어 올렸다.

그걸 보고 카키하라의 표정이 한층 더 불안해지는 바람에, 이 문제에서만큼은 두 사람이 정말 신뢰가 없다는 걸 확신했다.

음—— 내가 봐도 어쩐지 안심할 수 없다.

"미, 미안해. 시도. 아까는 칼 쓰고 있을 때 말을 시켜서."

"내가 한눈판 게 원인이니까 니카이도가 사과할 필요는 없어. 그보다 혼자서 준비하게 해서 미안해."

"아니야! 당연한 일을 했을 뿐인걸."

문득 니카이도에게서 시선을 떼고 레이를 봤다.

그녀는 어딘가 나를 걱정하는 것처럼 보였지만, 눈동자에서 당황한 기색도 보였다.

지금까지 내가 요리하다 실수하는 걸 본 적이 없었으니 분명 동요한 거겠지.

일단 니카이도가 만들어준 햄버그 반죽을 확인해보았다.

접합제로 빵가루와 달걀도 제대로 사용한 건지 부자연스러운 부분은 보이지 않았다.

이제 공기를 빼고 구우면 예쁜 햄버그가 완성될 것이다.

"시도, 잔심부름을 시키는 것 같아서 미안한데 쓰레기 정리나 접시 꺼내놓는 걸 부탁할 수 있을까?"

"오히려 그 정도는 하게 해 줘. 요리는 도울 수 없으니까……."

"알았어. 그럼 부탁할게."

카키하라는 배려심이 좋다. 내가 아무것도 돕지 않고 요리만 먹으면 죄책감을 느낄 거라고 예상하고 일을 나눠주었다.

다른 사람의 마음을 이렇게까지 헤아려주다니, 인기가 많을 만도 했다.

사고는 있었지만 결국 우리는 반에서 세 번째 순서로 조리를 마쳤다.

테이블에 놓인 햄버그, 달걀 수프, 샐러드, 그리고 밥.

어딜 봐도 가정요리로서 부족함이 없는 메뉴였다.

"잘 먹겠습니다."

입을 모아 선언한 우리는 각자 눈앞의 요리를 먹기 시작했다.

음―― 맛있어.

햄버그는 골고루 잘 구워졌고, 수프는 어깨에서 힘이 빠지는 부드러운 맛이었다.

샐러드는 양상추가 상당히 삐뚤빼뚤하지만…… 뭐, 샐러드니까. 딱히 신경 쓰이지 않는다.

"끝내준다! 특히 햄버그!"

"진짜 맛있어! 역시 아즈링이야!"

도모토와 노기의 칭찬에 니카이도는 쑥스러운 듯 머리를 긁적였다.

"아니……, 하지만 반은 시도가 해준 거니까……."

"아, 그랬지! 너도 대단해! 존경스러워!"

참으로 시끄럽지만, 도모토의 칭찬에 나쁜 기분은 들지 않았다.

이 녀석은 애초에 거짓말을 못 하는 성격인 모양이고, 빈말이 아니라는 걸 아니까 더욱더.

"실수해서 발목을 잡아버렸지만, 도움이 되었다면 다행이야."

다친 왼손으로 밥그릇을 들어 올릴 때 통증이 찌르르 퍼졌다.

담소를 나누는 걸로 표정에 드러나는 걸 억제하고, 이 분위기를 깨지 않도록 노력했다.

조원들의 대화 주제는 고등학생답게 청춘이라는 느낌이었다.

부활동, 좋아하는 음악, 시험, 다른 친구, 그리고―― 가족.

아픈 건 손가락뿐이냐?

웃는 얼굴 뒤로 자문했다.

손가락뿐이야. 당연히 손가락뿐이지.

그렇게 대답하며 나는 더 진하게 웃었다.
문득 손가락을 보자 반창고에 붉은색이 번져 있었다.

그 후 무슨 일이 일어났는지 잘 기억나지 않는다.
오후 수업에도 집중하지 못해서 무슨 내용이었는지 생각나지
않는다.
다만 노트 필기만큼은 착실히 해놓은 걸 보고, 평소 바른 수업
태도를 유지하려고 한 스스로를 칭찬해주고 싶었다.
"손가락 괜찮아?"
"응? 어, 괜찮아. 나중에 새 걸로 바꾸면 돼."
여느 때처럼 우리 집에서 밥을 먹은 레이가 등 뒤에서 걱정하
는 시선을 던졌다.
물일을 하면 상처에 물이 들어가서 쓰라리긴 하지만, 피가 멎
은 덕분에 그렇게까지 큰 자극은 아니었다.
설거지를 마친 내가 테이블로 돌아가자 레이는 어째서인지 불
안해하기 시작했다.
스마트폰을 봤다가, 방을 둘러보는 등 부자연스럽게 부산스럽다.
나는 그 이유를 바로 짐작했다.
"……나에게 물어보고 싶은 거 있지 않아?"
"……알겠어?"
"그렇게 안절부절못하면 아무래도. ……조리 실습 때 말하는

거지?"

"응. 린타로가 손가락을 베이는 건 처음 봤어."

"요리를 처음 시작했을 때는 일주일에 한 번은 베였는데?"

"지금 자기 입으로 그랬잖아. 처음 시작했을 때라고. 지금은 전혀 안 그런단 소리지? 그러니까 좀…… 부자연스러웠어. 니카이도와 이야기하다가 뭔가 걸리는 게 있었나 하고."

레이의 말대로 최근── 2년 이내로 나는 손가락을 베는 실수를 한 번도 저지른 적이 없었다.

그건 당연히 익숙해졌기 때문이기도 하지만, 가장 큰 이유는 늘 의식적으로 요리에 집중하기 때문이다.

레이는 그 집중이 흐트러진 것을 감지한 것이다.

내가 생각했던 것보다 더 나를 잘 보고 있었던 모양이다.

"딱히 니카이도에게 화가 났다거나 그런 건 없어. 그냥 내 멘탈이 생각보다 약했던 것뿐이야."

식후용으로 탄 커피를 한 모금 마신 뒤 한숨을 쉬었다.

좋은 향기가 코를 통해 들어오자 흔들리던 마음이 살짝 차분함을 되찾았다.

"……재미없는 이야기인데, 듣고 싶어?"

"응. 린타로를 더 알고 싶어."

"호기심도 많지. ……그럼 요청에 응해보실까."

사실은 장난칠 여유도 없는 주제에…….

또다시 내 안의 추한 부분이 모습을 드러낼 뻔했다.

그걸 필사적으로 누르며 입을 열었다.

"딱히 드라마틱한 건 아니야. 내 아버지는 주변 사람들이 입을 모아 말할 정도로 일 중독자였어. 집에 돌아오는 것도 1년에 몇 번 있을까 말까 하는 수준이고. 들은 이야기로는 내가 태어난 당일에도 일을 우선했었대."

"……."

"외롭긴 했지만 딱히 괴롭지도 않았어. ──어머니만 있다면."

마음의 상처가 또다시 욱신거린다.

하지만 눈앞에서 이야기를 들어주는 상대가 있다는 것만으로 그 통증은 다소 누그러졌다.

"초등학교 5학년 때였던가……. 학교에서 돌아온 내가 집에 들어가려던 차에 어머니가 집을 나섰지."

미안해, 자유로워지고 싶어──.

뒤도 돌아보지 않고 그렇게 말한 어머니의 등을 아직도 꿈으로 꾼다.

'가지 마'.

그 말조차 하지 못했던 나는 그대로 어머니였던 사람이 나가는 모습을 멍하니 바라보았다.

"결국, 날 육아하는 데 지쳤던 모양이야. 그리고 집안일을 전부 맡기고 나 몰라라 하는 아버지에게도 정나미가 떨어졌겠지. ……그 후로 어머니라는 거에 조금 알레르기가 있어. 그래서 니카이도에게 어머니에게 요리를 배운 거냔 소릴 들었을 때 나도 모르게 동요했지. 그게 다야."

"그랬, 구나……."

"역시 재미없었지? ……커피 다 식었다. 다시 타 올게."

레이와 내 컵을 들고 소파에서 일어났다.

그때 어째서인지 레이가 내 팔을 붙잡고 소파에 다시 앉혔다.

그녀는 당황한 내 팔을 껴안듯 끌어당겼다.

"나는 어디에도 안 가."

"……무슨 소리야."

"어디 가라고 해도 안 가. 린타로를 외롭게 안 해."

"내가 무슨 유치원생이냐."

황당하다는 듯 말하는 나와는 반대로 레이는 지극히 진지한 표정으로 나를 바라보았다.

아무래도 진심인 모양이다.

왜 이 녀석은 이렇게까지 내 일에 진지해질 수 있는 걸까.

이쯤 되면 돌보미와 고용주 이상의 감정이 있는 것 같다는 느낌도 드는데, 이건 착각일까?

하지만, 지금은 아무튼——.

"고마워, 레이. 조금 회복했어."

"그래. 다행이야."

안심한 듯 레이가 웃었다.

침착함을 되찾은 나는 새삼 그녀와 지나치게 가깝다는 걸 깨달았다.

팔에서 부드럽고 말랑말랑한 감각이 느껴진다.

그야 그렇겠지. 팔을 껴안고 있으니까. 어쩔 수 없다.

어쩔 수 없지만.

"……레이, 슬슬 떨어지지 않을래?"

"나는 어디에도 안 간다고 했어."

"밀착할 필요는 없잖아! 이쪽도 건전한 남자 고등학생으로 인생을 살고 있지 말씀입니다!"

"이상한 말. 웃겨. 하지만 확실히 더운 건 싫어."

내 횡설수설하는 말투에서 필사적인 심정을 느껴준 건지 레이가 살며시 팔을 놔 주었다.

위험했다. 지금까지의 흐름과는 완전히 상관없이 심장이 터질 뻔했다.

"맞다. 이 참에 하는 말인데 내 꿈이 전업주부라는 건 지난번에 얘기했었지?"

"응. 들었어."

"그건 어머니가 집을 나가서 생긴 꿈이야. 어머니를 좋아할 수는 없지만, 우리를 방치했던 아버지도 좋아할 수 없어. 절대 아버지처럼 살지 않을 거라고 생각한 결과 완전히 반대 방향에 있는 존재가 되어주겠다고 마음먹었지."

어쩐지 나에 대해 이야기하고 싶은 기분이었다.

길어지는 이야기를 레이는 묵묵히 들어주었다.

이 시간이 내 마음을 차분하게 달래주었다.

"너는 어떤 꿈이든 그걸 위해 노력하는 사람을 존경한다고 했었지만…… 그 꿈을 갖게 된 동기가 이런 시시껄렁한 거라서 미안하다."

"꿈을 갖게 되는 계기는 뭐든 상관없어. 결국은 꿈을 이룰 때까지 그 사람에게 원동력이 되어줄 수 있는가, 없는가야. 린타로가 그 경험을 바탕으로 꿈을 향해 달릴 수 있다면 그걸로 된 거야."

"……그럴싸한 소릴 하다니. 반박할 틈이 안 보이네."

그러고 보면.

문득 한 의문이 내 머릿속에 떠올랐다.

"어릴 때부터 아이돌이 꿈이었다고 했는데…… 그렇게 된 계기 같은 건 있어?"

"계기?"

"어. 이게 있어서 아이돌이 되고 싶어졌다 같은…… 뭐 그런 거."

"계기는…… 그 어릴 때, 나를 웃게 해준 남자아이."

"웃게 해줬다고?"

"응. 지금도 계속 동경해. 그 사람을 동경해서 나도 누군가를 웃게 해주고 싶었어. 그때 마침 TV에서 많은 사람 앞에서 노래하는 아이돌들을 보고 강하게 끌렸어."

"오……. 뭔가 결과적으로 그 꿈을 이뤘다고 생각하니 역시 너도 초인이구나."

"그래?"

"어린 시절의 꿈 같은 건 진작에 포기해버리는 녀석이 대부분이니까."

──나를 포함해서.

이제 와서는 어떤 꿈이었는지조차 흐릿하다.

"꿈은 대단해. 다소 힘든 일이 있어도 앞을 보고 갈 수 있으니까."

"……갑자기 아이돌 같은 멘트를 하네."

"가끔은 그런 모습도 보여줘야지."

"그 말 밖에선 절대 하지 마라?"

그녀의 개그── 아니, 본인은 개그 하려는 의도가 아니었을지도 모르지만, 나는 그만 웃음을 터트리고 말았다.

혈연인 유즈키 선생님 말고 다른 사람 앞에서 이런 식으로 웃는 건 유키오와 있을 때 정도인가.

나는 나도 모르는 사이에 레이에게 마음을 열고 있었던 건지도 모른다.

오늘부터는 괴로운 꿈을 꾸지 않게 될 것 같은 기분이 들었다.

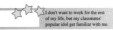

I don't want to work for the rest
of my life, but my classmates'
popular idol get familiar with me.

이사가 끝났다.

마침 장마가 시작되었을 때 이사하는 바람에 비 때문에 조금 고생했지만, 가구도 업자들 덕분에 파손되지 않고 깨끗한 상태로 새집으로 옮겨졌다.

"오······. 정말 좋은 집으로 이사했잖아, 린타로."

그렇게 말하며 실내를 둘러보고 있는 사람은 나를 아르바이트로 고용해주고 있는 유즈키 히미코 선생님이다.

그녀가 전에 살던 집의 집세를 부담해주고 있었던 이상 이사 사실을 알리지 않을 수는 없었다.

그리고 왜 이사하게 되었는지, 그 경위도 이미 전달해놨다.

"그나저나 정말로 아이돌이 돈을 대주고 있다니······. 린타로네 고등학교에 다닌다는 이야기는 들었지만 접점은 없는 줄 알았어. ──실물로 보니까······ 역시 굉장한 미인인데."

"영광입니다, 유즈키 선생님."

내 옆에 서 있던 레이가 유즈키 선생님을 향해 허리를 숙였다.

오늘은 내 '고용주'끼리 대면하는 날이었다.

유즈키 히미코 선생님 아래에서 아르바이트를 하고 있다는 걸 레이에게 알리자 인사하고 싶다고 먼저 말을 꺼냈다.

나와의 관계를 외부에 밝힌다는 위험부담은 당연히 어디서든 발생하지만, 유즈키 선생님도 어느 의미 유명인.

게다가 친척이라는 신뢰도 더해져 우리의 사정을 전부 이야기하기로 했다.

이건 여담이지만, 레이는 유즈키 히미코 작품의 팬이라 이번 만남은 그녀의 강력한 주장을 수용해서 이뤄지게 되었다.

"하지만 오토사키도 괜찮은 남자를 잡았네. 린타로는 가끔 입이 거칠지만 뼛속까지 배려심이 박혀있고 집안일도 완벽하고 얼굴도 나쁘지 않으니까. 초등학교 때는 인기 많았지."

"……유즈키 선생님, 그 이야기는 좀."

띄워주면 띄워줄수록 난감해지는 나는 쓴웃음을 지었다.

쑥스럽다는 것도 당연히 있지만── 응, 닭살 돋는다.

"초등학교 때…… 인기 많았어?"

"너도 거기에 주목하기냐. 초등학생은 운동만 좀 잘하면 대체로 인기 많잖아."

초등학생 때 비교적 운동을 잘했던 나는 확실히 여자아이들과 친해질 기회가 많았다.

하지만 중학교에 들어가 운동신경이 평범함으로 수렴하기 시작하자 엑스트라 남자 동료로 합류.

어머니의 가출을 겪고 정도 이상으로 여자와 친해지고 싶은 마음도 들지 않아 결국 이 나이가 될 때까지 연애 한번 해 본 적이 없다.

"후후후…… 궁금하니, 오토사키? 린타로의 여자 사정!"

"! 궁금해요."

"음! 대답 좋고! 그렇다면 유치원 때의 이야기부터──."

……뭐하냐.

나는 분위기를 타기 시작한 두 사람을 무시하고 커피를 타러 부엌으로 들어갔다.

부엌도 이전 집에 비해 상당히 커졌다.

우선 가스레인지의 화구가 2구에서 3구로 늘어난 시점에서 최고다.

전자레인지, 전기밥솥, 오븐은 이 기회에 좋은 것으로 바꿨다. 부엌칼과 프라이팬 등 손에 익은 물건은 그대로 두되 가전제품 종류를 쇄신했다는 느낌이다.

"자, 커피."

"……여자를 울리다니."

"레이, 무슨 헛소릴 들은 건지는 몰라도 아마 유즈키 선생님이 한 말은 대부분 거짓말일걸."

난 여자를 울린 기억이 없단 말이다.

"거짓말 아니거든! 내가 만화가가 되는 걸 주변에서 반대할 때 린타로만 계속 응원해줬으니까! '히미코 누나라면 꼭 만화가가 될 수 있어!'라면서! 그래서 울었단 말이야! 내가!"

"그쪽이었냐고……."

확실히 그런 적도 있었던 것 같다.

당시 초등학교 2학년이었던 내가 고등학생이었던 유즈키 선생님을 응원했다.

지금 생각해 보면 무슨 근거로 그런 소릴 했냐는 수준이지만, 유즈키 선생님의 그림을 좋아했던 나는 그 마음 하나로 지지를 보냈던 것 같다.

그때의 내가 있었기에 유즈키 선생님이 만화가가 된 거라면 그건 조금 자랑스럽다.

"후우…… . 하지만 린타로가 아르바이트를 계속해준다고 해서 정말 다행이야. 일도 잘하고, 매번 힘들 때 간식거리도 가져오고, 마침 딱 필요할 때 이렇게 커피도 타 주고, 은근히 떼어놓을 수 없는 존재가 되었으니까."

"과장 한 번…… ."

"과장 아니라니까! 다른 어시들도 다 같은 소릴 해. 오토사키가 독점하게 두진 않을 거야."

그렇게 선언하며 유즈키 선생님은 견제하는 듯한 눈으로 레이를 보았다.

그리고 그대로 내 쪽으로 시선을 옮겼다.

"린타로, 이제 **괜찮은 거지?**"

"……그래, 이제 괜찮아. **히미코 누나.**"

"응. 그럼 됐어."

그녀의 질문에는 다양한 의미가 담겨 있었다.

친척이니 당연한 거지만, 유즈키 선생님은 내 집안 사정을 잘 알고 있다.

그렇기 때문에 내가 밝게 대꾸하자 조금 안심한 모양이었다.

"그럼 오토사키, 린타로를 잘 부탁해. 뭐, 별로 걱정은 안 하지만. 의젓한 사촌 동생이거든."

"네, 알겠습니다. ……저기, 유즈키 선생님."

"응? 왜?"

"마지막으로 사인을…… 부탁드려도 될까요."

레이는 긴장한 얼굴로 색지와 펜을 꺼냈다.

정말로 절절한 팬인 모양이었다. 전에 없이 들뜬 모습이다.

"어? 그야 내 사인이라도 괜찮다면 얼마든지…… 아! 그래! 그럼 오토사키도 사인해줘. 그거랑 교환하자."

"! 기뻐요……!"

내 눈앞에서 희대의 대스타와 잘 나가는 만화가의 사인 교환이 이뤄지고 있다.

하도 친숙한 얼굴들이라 가끔 잊어버리지만, 이 두 사람은 일반인이 가까워지고 싶다고 해서 가까워질 수 있는 존재가 아니다.

내가 얼마나 행운아인지를 어째 이런 상황에서 깨닫게 되었다.

"후후후, 작업실에 걸어놔야지. 그럼 린타로, 오토사키. 또 보자."

"바쁜 와중에 와 주셔서 감사합니다. 그럼 알바 할 때 봐요."

"응. 믿는다! 내 귀여운 사촌 동생아."

절묘하게 귀엽지 않은 윙크를 남긴 유즈키 선생님이 집을 나섰다.

남은 건 주인인 나와 유즈키 선생님의 사인을 고이 안고 있는 레이뿐이었다.

"정말로 유즈키 선생님의 작품 좋아하는구나."

"응. 소년만화지만 심리묘사가 아주 미려해서, 열혈적인 부분도 있으면서 무척 섬세한데…… 이동시간이나 쉬는 시간에 자주 읽어. 종이로도 이북으로도 샀어."

"……그랬구나."

나는 어디까지나 도우미고, 직접 스토리를 짠 것도 아니고 캐릭터를 만든 것도 아니지만 유즈키 선생님의 작품이 칭찬받자 어째서인지 내 일인 것처럼 기쁘다.

부모 곁을 떠난 나에게 그 사람은 고용주이면서 누나와도 같은 존재다.

칠칠치 못한 면만 눈에 들어오는 건 결코 내 착각이 아니지만, 존경할 수 있는 상대라는 건 틀림없다.

"하지만 레이도 소년만화를 읽는구나. 솔직히 별로 그런 이미지는 없었는데."

"소년만화만이 아니라 만화 자체를 좋아해. 사람의 마음을 움직이니까. 그런 부분은 음악이나 춤과 다르지 않다고 봐. 창작물을 본 뒤에 노래의 이미지가 떠오를 때도 있고."

"흐응, 그런 건가……."

듣고 보니 유즈키 선생님도 틈만 나면 다양한 작품을 읽었다.

이건 연구라는 말을 입버릇처럼 했었다.

그래서 나한테도 유행하는 것만이라도 파악해놓으라고 하는 건지도 모른다.

"린타로는 만화 잘 안 읽어?"

"읽긴 하는데…… 정말 유행하는 것만 읽어. 돈에 조금이라도 여유가 생겼을 때는 저금했었거든."

"그럼 나중에 내 추천작 빌려줄게. 몇 개 정도는 마음에 드는 작품이 있을 거야."

"그거 고마운데. 그럼 마음에 들면 내 돈으로도 사 볼게."

──그러는 사이에 시각은 저녁이 가까워졌다.

비록 여름이 가까운 이 시기는 아직 해가 높이 떠 있어서 밝긴 하지만, 저녁 먹을 때가 가까워졌다는 건 맞다.

"슬슬 준비할까."

"도울까?"

"아니, 미안하지만 이번 요리는 나한테 일임해줘. 지난번 집보다 부엌이 넓어져서 솔직히 아주 신났거든."

"그런 거라면 알았어. 전부 맡길게."

"오냐, 맡겨둬."

나는 소파에 걸어놓았던 앞치마를 두르고 부엌으로 향했다.

오늘은 밀피유 스타즈 멤버들이 기획한 이사 기념 파티 날이다.

처음엔 배달 음식을 주문할 예정이었다고 하지만, 나도 이사 오게 되면서 요리를 담당하게 되었다.

이날을 위해 재료도 잔뜩 갖춰놨다.

새집, 새 주방에서 처음 갖는 요리 타임에 나는 안 어울리게도 잔뜩 고양되어 있었다.

도마 위에 올려놓은 재료에 부엌칼을 내리친다.

흥에 겨운 나머지 오늘은 육류와 어패류를 모두 사 왔다.

평소에는 별로 쓰지 않는 채소도 샀으니, 슈퍼 점원의 눈에도 잔칫상을 차릴 마음이 넘쳐났다는 건 뻔히 보였겠지.

콧노래도 흥얼거리며 연어회와 가리비, 채를 썬 당근과 양파, 그리고 송이버섯을 알루미늄 포일 위에 올리고 그 위에 버터를 바른 뒤 간장을 뿌렸다. 마지막으로 알루미늄 포일로 감싼 뒤에 그대로 오븐에 넣었다.

다음으로 프라이팬 위에 해산물을 넣고 다진 양파, 당근 등 야채와 함께 볶았다.

오징어가 살짝 노릇노릇해지고 양파가 투명해지기 시작하면 으깬 토마토를 넣고 수분을 날린다는 이미지로 졸인다.

그리고 새우와 바지락을 넣어 물, 소금, 사프란을 더해 국물을 만들었다.

어패류의 감칠맛이 녹아 나오기 시작할 무렵 큼직한 덩어리를 일단 걷어낸 뒤, 물에 불린 쌀을 국물에 재웠다.

이후 물기가 사라지면 빠에야 완성이다.

빠에야가 완성될 때까지 기다리면서 양상추를 중심으로 샐러드를 만들었다.

그리고 유즈키 선생님이 오기 전부터 재워놓았던 스페어립을 다른 화구에서 굽기 시작했다. 양념장에 물을 조금 넣어 불리고 마지막엔 살짝 조린 뒤에 접시에 담는다.

이것으로 네 접시.

추가로 수프를 만들 생각에 베이컨과 양파를 한 입 사이즈로 잘라서 끓이고 콩소메 스톡을 넣었다.

이것으로 콩소메 수프 완성. 간단하다.

이번 요리는 상당한 보람을 느꼈다.

조금 많이 만든 느낌도 들지만, 레이의 위장이 있다면 어느 정도는 커버될 것이다.

"응? 지금 조금 실례되는 생각했어?"

"하하, 무슨 소리야? 레이. 그럴 리 없잖아?"

"음……, 그래?"

저 녀석 뭐냐. 초능력자야?

나는 천연덕스러운 태도로 요리를 마무리해나갔다.

빠에야에 레몬을 곁들이고, 수프와 스페어립엔 소금과 후추로 간을 조절했다.

포일 구이의 상태를 점검해서 연어 살이 부드럽게 익은 걸 확인하고 접시에 올려놓았다.

"좋아……. 뭐, 이 정도면 괜찮지."

간도 다 본 뒤 이 이상은 손댈 게 없다는 것도 확인했다.

마침 그 타이밍에 인터폰이 울렸다.

그 두 사람이 온 모양이었다.

"레이, 들여보내 줘."

"알았어."

레이에게 두 사람을 맡긴 뒤 나는 완성된 요리를 소파 앞 테이블로 가져갔다.

앞접시도 4인분 준비하고 마실 것을 마시기 위한 잔도 가져다 놨다.

내가 보기에도 제법 잘 됐다며 성취감이 치솟았다.

나도 모르게 주먹을 불끈 쥐며 기뻐할 뻔했을 때 현관 쪽에서 슬리퍼 소리가 들렸다.

"린타로, 왔어."

"실례할게."

거실에 나타난 카논과 미아를 보고 무심코 숨을 삼켰다.

카논은 어깨를 드러낸 티셔츠에 찢어진 청바지를 입고 있었다.

평소엔 묶는 머리카락도 지금은 풀어 내려서 어딘가 어른스러워 보였다.

미아는 민소매 위에 얇은 파카를 걸치고 핫팬츠를 입었다.

그 탓에 적절히 살이 붙은 허벅지가 한참 윗부분까지 보이는 바람에 시선을 둘 데가 조금 곤란했다.

처음 레이의 사복을 봤을 때나 연습복을 봤을 때와 같은 충격.

그러고 보면 아이돌의 평상복을 볼 기회는 보통 없단 말이지.

"뭐야, 빤히 쳐다보고. 혹시 내 사복을 보고 두근거렸어?"

"방금 전까지는."

"어?! 왜?! 왜 지금은 아닌 건데?!"

그런 점 때문에——라는 말은 삼켰다.

말해봤자 어차피 안 고쳐질 테고.

"맛있어 보이는 냄새네. 테이블 위의 요리를 전부 네가 만들어 준 거야?"

"그래. 새 부엌을 보고 그만 흥이 올라서. 조금 양이 많을지도 몰라."

"많은 건 문제없어. 오늘은 휴일이니까 연습은 없었지만, 평소 운동량엔 자신 있거든. 어지간한 운동부보다 더 많이 먹을걸."

"그런 거라면 문제없네. 그럼 손 씻고 소파에 앉아. 다 식기 전에."

레이도 포함해서 세 사람은 손을 씻은 뒤 소파에 앉았다.

나는 공부 책상 앞에 놨던 의자를 맞은편에 끌고 와 거기에 앉았다.

"요리는 네가 만들어준다고 해서 적당히 집어먹을 과자를 가져왔어. 자, 역 앞에서 파는 인기 마카롱."

그렇게 말하며 카논은 귀엽게 포장된 종이봉투를 테이블에 놓았다.

적어도 내 관점에서 마카롱은 적당히 집어 먹을 과자는 아니다.

보통은 봉지 과자나 초콜릿 아니냐?

"나도 비슷해. 슈크림 세트를 가져왔어. 이건 더 식은 뒤에 먹는 게 좋겠네."

또다시 예쁜 상자가 눈앞에 놓였다.

다들 비싸 보이는 디저트를 사오다니……. 이걸 적당히 집어먹을 과자라고 말하는 시점에서 서민은 상상 불가다.

"나는 마실 거 가져왔어. 와카야마산 귤 100% 주스."

우리 집 냉장고에 넣어두었던 두 개의 귤 주스를 가져온 레이는 그걸 두 사람이 가져온 것과 마찬가지로 테이블 위에 올려놨다.

참고로 아까 이 주스의 가격을 검색해봤는데 상상했던 것보다 더 고급이었다.

"그럼 모처럼 하는 파티니까 레이의 주스로 건배할까. 내가 따를게."

미아가 네 개의 잔에 골고루 주스를 따랐다.

각자 잔을 든 우리는 중심에서 잔을 부딪쳤다.

"건배."

"건배!"

"응, 건배."

"……건배."

쨍 소리가 실내에 울린다.

귤 주스는 상상 이상으로 진하고, 지금까지 내가 마셨던 귤 주스는 대체 뭐였던 건지 의심스러워질 만큼 새콤달콤했다.

"……근데 이 빠에야도 린타로가 만든 거야?"

"어? 그런데."

"엄청난 패배감이 드는데."

"카논은 요리 안 해?"

"못 하는 건 아니거든? 우리 집엔 남동생도 여동생도 있으니까 부모님을 도우면서 간단한 거라면 만들었어. 아이돌이 된 뒤로는 바빠서 한 번도 안 만들었지만."

"만들 수 있음 됐지 뭐."

"이렇게 가게에서 나올 것 같은 퀄리티는 내지 못한다고! 너무 맛있어!"

"고맙다. 그렇게 말해주면 만든 보람이 있지."

변함없이 솔직한 감상을 감사히 접수하며 나도 새삼 내가 만든 요리를 먹었다.

음, 진짜 날 마구 칭찬해주고 싶을 정도로 맛있어.

빠에야는 어패류의 감칠맛이 밥에 잘 배어들었고, 연어 포일 구이는 한 번 먹으면 젓가락이 멈추지 않는다.

스페어립은 입에 들어가자 사르르 풀어지더니 눈이 녹은 것처럼 사라졌다.

"으음…… 이거 레이에게 질투심이 생기는데. 매일 린타로의 밥을 먹을 수 있는 거잖아?"

"응. 그렇게 계약했어."

"부러워라. 나한테도 조금 빌려주지 않을래?"

"안 돼. 린타로는 내 거."

"구두쇠."

"구두쇠 아니야."

이 녀석들은 이 녀석들대로 무슨 대화를 하고 있는 거냐——.

아니, 애초에 나는 레이의 것이 된 기억도 없는데.

"……뭐, 지금은 포기할게. 하지만 그 전에 린타로의 의견도 듣고 싶은데. 어때? 레이만이 아니라 나한테도 와 보지 않을래?"

"미안하지만 그쪽은 사양이야. 레이보다 불길한 예감이 들어."

"에이, 딱히 아무 짓도 안 할 건데."

"그런 소릴 할 거면 그 히죽거리는 표정부터 치우든가……."

명백하게 무언가 꿍꿍이가 있어 보이는 모습을 보면 당연히 경계한다.

딱히 미아를 싫어하는 건 아니지만, 레이와는 다르게 속생각을 읽기 어려워서 힘들다.

그, 표현은 잘 못 하겠는데—— 이 녀석과 엮였다간 골치 아파질 느낌이 든다.

"하지만 어차피 같은 곳으로 돌아온다면 밥도 따로 먹을 필요 없지 않아? 린타로가 만들어주냐 아니냐는 별개로 쳐도."

"······그건 그래."

카논의 말에 레이가 고개를 끄덕였다.

확실히 틀린 말은 아니다.

모처럼 같은 층에 사는데, 같이 돌아와서 각자 집으로 들어가 혼자 밥을 먹는다는 건 조금 드라이한 느낌도 든다.

이게 생판 타인이라면 모를까 세 사람은 사생활에서도 사이가 좋은 팀이니까.

"뭐, 2인분 늘어나는 정도라면 딱히 힘들지 않긴 해. 다만 나는 레이에게 밥을 차려주는 대신 돈을 받는 몸이라서, 조건 없이 두 사람의 밥까지 차린다면 레이가 불공평해지거든."

"음, 그렇지······."

만드는 양이 늘어난다고 해도 귀찮아지는 건 설거지의 양이 늘 어나는 정도다.

오히려 너무 많이 만드는 걸 걱정하지 않아도 되는 건 좋다.

다만 레이는 내 요리에 집세, 광열비, 재료비를 포함해 총 15만 엔 정도의 가치를 내고 있다.

동등한 대가도 없이 다른 사람에게 대접해주는 것만은 좀 피하고 싶다.

물론 오늘처럼 가끔 차려주는 정도라면 아무런 거부감도 없지만——.

"나에겐 린타로의 의견도 타당하게 들리는데, 미아는 어때?"

"······응. 나도 린타로의 의견이 맞다고 봐. 그래서 제안이 하나 있는데, 나나 카논이 린타로의 밥을 먹고 싶을 때는 재료를 사다

준다는 건 어때?"

이 제안은 비교적 나쁘지 않지만——.

나는 레이에게 곁눈질을 보냈다.

"응, 그런 거라면 괜찮아. 나는 린타로의 밥을 먹을 수 있다면 되니까."

"그럼 린타로 쪽은 어때?"

나는 딱히 고민도 하지 않고 고개를 끄덕였다.

"레이가 허락한다면, 나야 별로 차이도 없으니까 문제없어. 먹고 싶은 재료를 사 와."

"둘 다 관대하구나. 고마워. 그럼 정기적으로 부탁할게."

이러니저러니 해도 미아도 카논도 매일 쳐들어오지는 않을 것이다.

직업병인지 뭔지는 모르지만, 절도나 예의라는 선을 잘 지키니까.

그리고 이 안에서 가장 달관한 사람이 사실 외모상으로는 가장 어린 카논이라는 점이 또 재미있다.

말하는 걸 보면 동생이 많은 것 같으니 그게 이유일지도 모르겠네.

"그나저나 라이브까지 앞으로 한 달이라. 상당히 순식간이었네."

"한 달 뒤라면…… 7월 초?"

"너무 안 더우면 좋겠는데. 땀 때문에 화장이 무너질지도 모른다는 게 성가시단 말이지."

"지난번 라이브는 연초였던가?"

"어? 잘 알잖아. 처음 만났을 때는 전혀 관심 없어 보였는데."

"아무리 그래도 코앞에서 연습하는 풍경을 보여주면 관심이 생기지. 정말 좋은 경험이었다고 새삼 실감했어."

밀스타는 대형 라이브를 1년에 세 번 정도 연다.

시기는 여름, 가을, 겨울이 메인으로 계절에 맞춘 신곡을 매번 발표한다——는 모양이었다.

회장은 매번 만석. 티켓 추첨은 배율이 어마어마하고, 일반 판매도 즉각 매진된다.

전에 카논이 말했던 것처럼 그게 범죄라는 걸 아는 건지 모르는 건지 고가에 거래되는 양도 티켓을 구매하는 녀석들도 끊이지 않는다고 한다.

"린타로, 다음 라이브 보러 와 줄래?"

"2주년 기념 라이브였지? 가 보고 싶은 마음은 있지만 솔직히 티켓 추첨에 뽑힐 자신이 없는데."

"괜찮아. 관계자용 티켓이 있어."

"어……? 그런 걸 받아도 괜찮아?"

"린타로는 이미 관계자. 내가 그렇게 말하면 아무 문제 없어."

확실히 관계자라고 하면 관계자지만.

"기본적으로 우리가 개인적으로 초대할 수 있는 좌석에는 한도가 있지만, 유명해졌다고는 해도 데뷔한 지 아직 2년 정도인 우리에겐 그 초대석을 다 채울 수 있을 만큼 업계 지인이 많지 않거든. 매번 조금 남더라고."

"그럼 부모님이나 학교 친구를 부르면 되지 않아?"

"물론 부모님의 일정이 괜찮으면 부르기도 하지만 학교 사람을 부르면 내가 그 사람을 편애하는 것처럼 보이잖아? 그런 인식이 퍼지면 곤란해지거든."

"아⋯⋯. 대충 알 것 같네."

학교 친구를 전부 부를 수 있을 만큼 넉넉하진 않겠지.

특정한 누군가를 초대해서 주변의 반감이나 질투를 살 바에야 아무도 부르지 않는 게 낫다는 건 이해할 수 있는 생각이다.

"나도 미아와 상황이 거의 같아. 흑심 다 티 내면서 접근하는 신인 배우 지인들이라면 있지만, 괜히 불렀다가 착각했다간 큰일이잖아."

"⋯⋯오오."

"뭐, 뭔데 그 반응?!"

"아니, 너한테도 접근하는 남자가 있구나 해서."

"너무한 거 아니야?! 이렇게 귀여운데 접근하는 남자가 없는 게 이상하거든!"

그렇게 말하며 카논이 내 앞에 섰다.

확실히 귀엽다는 점만 본다면 밀스타 중에서도 제일 귀엽다.

레이도 미아도 분류하라면 귀여움보다는 예쁨 쪽이고.

하지만 그 귀여움도 얼굴이 너무 필사적이라서 전부 소용이 없었다.

"카논은 조용히 있으면 귀여워."

"뭐?! 무슨 소리야, 레이! 말해도 압도적으로 귀엽잖아!"

"⋯⋯으음."

"고민하지 마! 너희가 인정하지 않으면 나는 뭘 믿으라고?!"

버럭하는 효과음이 잘 어울리는 여자다.

정말 놀리는 맛이 있다.

"……아, 그러고 보면 넷이서 보고 싶은 영화가 있었어."

불쑥 그렇게 말한 레이가 자신의 가방에서 DVD를 하나 꺼냈다.

아무래도 요즘 세상에 굳이 대여점에서 빌려온 모양이었다.

"……'주온의 사다코 씨'? 레이, 이게 뭐야?"

"공포 영화."

"아니, 그건 나도 보면 아는데……."

미아가 무슨 말을 하고 싶은 건지 알겠다.

이 뭐라 말할 수 없는 B급 영화 느낌. 정말 그 이상 적절한 말을 찾을 수가 없다.

나와 카논과 미아는 이 애매한 분위기를 느끼고 서로 얼굴을 쳐다봤다.

"전에 영화 스트리밍 사이트에서 제목 보고 계속 궁금했어. 공포 영화는 잘 못 보니까 가능하면 다 같이 보고 싶어."

"응, 뭐…… 다 같이 밥 먹으면서 본다면 즐거울…… 지도 모르지?"

카논은 퍽 신중하게 말을 고르며 레이에게 동의했다.

확실히 친구끼리 모여서 애니메이션이나 영화를 보는 건 혼자서 볼 때와는 또 다른 장점이 있다.

게다가 레이가 굳이 빌려온 걸 재미없어 보인다면서 쳐내는 것도 껄끄러웠다.

"린타로, 각오 됐어?"

"······한 손으로 간단히 집어 먹을 수 있는 요리라도 만들어올까?"

"안 돼. 한 명이라도 빠지면 레이가 무서워할 테니까."

웃는 얼굴로 내 팔을 붙잡는 미아.

이렇게 퇴로가 막혔다.

나는 체념하고 레이에게 몸을 돌렸다.

"그래, 넷이서 보자."

"다들 고마워. 그럼——."

레이는 우리 집 TV 아래에 설치된 게임기에 DVD를 꽂았다.

게임기지만 DVD 재생까지 다양한 기능을 가진 이 녀석은 아마도 졸음과의 싸움이 될 듯한 약 2시간짜리 영상을 TV 화면 가득 송출하기 시작했다.

재생과 동시에 조명을 끄고 약 1시간.

나는 기본적으로 어두운 영상이 나오는 화면을 거의 해탈한 기분으로 쳐다보고 있었다.

영화의 내용은 저주받은 집에 들어간 인간을 긴 검은 머리카락의 여자 유령이 TV 속으로 끌고 들어가려는 이야기였다.

명백하게 원작이 있는 주제에 내용에서 원작 존중의 파편조차 느껴지지 않는 이 망작 느낌······. 좋아하는 사람은 좋아하는 걸까? 나는 안 좋아하지만.

""······.""

"······."

문득 소파 위를 보자 레이와 카논이 규칙적인 숨소리를 내며 잠들어 있었다.

카논은 용서하자. 휘말린 쪽이니까.

하지만 레이, 넌 안 돼.

왜 보고 싶다고 말을 꺼낸 네가 자는 거냐.

"……하아."

주도자가 잠들어버린 이상 재생을 멈추면 되지 않냐고 다들 생각하겠지.

왜 안 그러고 있냐면——.

"리, 린타로…… 는, 떨어지지 마……."

"……그래, 알았어."

옆에서 미아가 나에게 매달려있기 때문이다.

자리에서 움직이려고 하면 그녀가 내 팔을 잡아당겨 그 자리에서 못 일어나게 막는다.

기시감이라고 해야 하나.

거의 끌어안겨 있다시피 한 상태라 이번에는 팔꿈치 주변에서 미아의 가슴 감촉이 적나라하게 전해지고 있었다.

레이보다 일본인다운 체형이지만, 레이가 예외일 뿐이지 충분한 볼륨감이었다.

부드럽다기보다도 탄력이 있다는 느낌.

따라서 나는 열심히 마음을 비우고 있다.

나도 이 나이에 범죄자가 되고 싶진 않다.

"너 의외로 공포물에 약하구나."

"지…… 지금까지 이런 건 별로 안 봤단 말이야……."

아하, 공포 내성이 애초에 없는 거군.

오히려 이 정도의 작품이라 다행이라고 할 수 있을지도 모른다.

이게 공포영화 팬이 극찬하는 수준의 작품이었다면 미아는 분명 기절했겠지.

"린타로는 괜찮아……?"

"응? 어, 난 이런 거 많이 봤거든."

사실 내 절친, 이나바 유키오의 취미에 B급 영화 감상이 있다.

대여점에만 놓여있을 법한 작품을 빌려와서는 자주 나와 함께 감상회를 열었다.

다 보고 난 뒤에는 물어보지도 않은 감상을 주절주절 늘어놓는데—— 솔직히 말해서 매번 대충 흘려듣고 있다.

애초에 유키오도 그걸 눈치채고 있지만 아무튼 말하고 싶어서 못 견디는 모양이었다.

"앞으로 1시간만 참으면 돼. 화이팅."

"으, 응……."

팔을 껴안는 힘이 강해졌다.

그렇게 되자 필연적으로 팔꿈치 부근의 감촉이 강해졌지만, 그건 강철 같은 정신력으로 견디기로 했다.

나와 미아의, 어느 의미 고통스러운 1시간이 시작되었다——.

"후……. 설마 마지막에 우물 속에 수류탄을 넣어서 근원째로 날려버릴 줄은 몰랐어. 의외로 재밌었네."

"……그러게."

1시간이라는 시간은 생각보다 짧다.

덕분에 어느새 화면에는 엔딩롤이 흐르고 있었다.

이 또한 의외인 것이, 미아는 이 작품이 상당히 마음에 든 모양이다.

아마 유키오와 만나면 좋은 술친구가 될 수 있을 것이다. 아직 미성년자지만.

참고로 나는 거의 새하얗게 불태워버렸다.

내 이성과는 대극에 존재하는 성욕이라는 이름의 악마에게 몇 번이나 패배할 뻔했지만, 그때마다 심두멸각(心頭滅却)을 되뇌며 가까스로 승리했다.

자신과의 싸움이라는 게 어떤 것인지 드디어 이해한 느낌이다.

"다른 두 사람은…… 아직 자고 있네. 하아, 아주 속 편하게 자고 있구만."

"이렇게 편안하게 자는 걸 보면 왠지 장난치고 싶어지는데."

"그러게……. 뭐, 이번에는 파티였으니까 봐줄까."

정석적으로 이마에 고기 육(肉)자 낙서라도 할까 생각했지만, 아이돌의 얼굴에 그런 짓을 하는 건 배덕감이 어마어마했기에 자중하기로 했다.

시계를 보자 이미 심야라고 해도 되는 시각이었다.

슬슬 깨우지 않으면 몸도 뻐근할 것 같아 나는 자고 있는 두 사람에게 말을 걸려고 했다.

"──아직 안 깨워도 되지 않아?"

그걸 제지한 건 내 옆에 있던 미아였다.

"왜? 이런 곳에서 재울 수도 없잖아?"

"그럼 네 침대로 데려가서 당분간 자게 두자. 나는 너와 더 대화하고 싶은데. ……단둘이서."

미아는 눈을 가늘게 휘며 나를 보았다.

그게 마치 먹이를 발견한 고양이 같아서 불길한 예감이 강렬하게 밀려들었다.

하지만 나 자신도 이 녀석에 대해 잘 알아두어야만 할 것 같다는 생각이 든다.

이 집에서 살게 된 이상 그녀를 계속 피할 수도 없으니까.

"……알았어. 잠시 대화할까."

"그렇게 나와야지."

나는 한숨을 쉬며 레이와 카논을 침실로 데려갔다.

쾌적한 잠자리를 위해 조금 큰 침대를 쓰던 게 다행이었다.

여자 두 명을 재워도 공간이 조금 남았다.

몸이 식지 않도록 담요를 덮어준 뒤 나는 거실로 돌아왔다.

"그렇게 경계하지 않아도 나는 너를 적으로 돌릴 짓은 안 해."

"글쎄. 그걸 정하는 건 나지."

"음, 그럴지도. 하지만 정말, 나는 네게 나쁜 의도를 갖고 대하고 싶은 게 아니야."

미아와 눈을 마주쳤다.

그 눈이 놀랄 정도로 똑바로 바라보는 바람에 순간 말문이 막혔다.

"……알았어. 의심하듯 대해서 미안하다. ──그래서, 뭐 하고 싶은 말이 있는 거 아니야?"

"사실 네게 고맙다고 하고 싶어서."

"고맙다고?"

"응. 레이와 같이 있어 줘서 고마워."

고개를 갸웃거렸다.

내가 의아해하는 걸 알아차린 건지 미아는 보충 설명을 덧붙였다.

"레이는 원래 굉장히 금욕적인 성격이거든. 아이돌이라는 일을 위해 자신을 철저하게 몰아세우는 타입이랄까."

"……음, 그건 알 것 같아."

"그렇지? 하지만 너와 이런 관계를 맺게 된 뒤로는 그나마 나아진 거야. 린타로는 레이에게서 온오프 전환에 대해 들은 적 있어?"

"조금은. 너희와 있을 때하고 우리 집에 있을 때만 오프라고 했었는데."

"위화감 못 느꼈어?"

"……자기 집, 바꿔 말하자면 가족이 없어."

"정답이야."

원래 부모님이 집에 거의 없다는 이야기는 들었다.

오토사키가 자체가 제법 유복한 집안이라는 것도 들었고, 아마 유서 깊은 가계인 거겠지.

아이돌이기 전에 레이는 집안에서 '오토사키가의 딸'이라는 위치를 지켜야만 했던 건지도 모른다.

그걸 오프라고는 할 수 없다.

"지금까지 오프로 지낼 수 있는 장소는 우리 셋이서 있을 때뿐이었어. 그게 너라는 존재가 나타나서 하나 늘었지. 너는 너와 같이 지내게 된 뒤의 레이밖에 모를 수도 있지만, 사실 웃는 얼굴이 꽤 늘어났거든?"

"……그거 영광이네."

"진심으로?"

"진심이라니까. 나는 레이를 존경해. 그런 녀석에게 안식처 중 하나가 되었다는 건 꽤 기쁜 일이거든."

나는 어디에도 안 가——.

그렇게 말했던 레이의 모습을 떠올렸다.

그녀가 그렇게 말해주는 한 나도 떨어질 생각이 없다.

게다가 한 명의 여자도 뒷받침해줄 수 없는 남자여서야, 앞으로 전업주부로서 산다는 건 그림의 떡이다.

"존경이라. 정말 그게 다야?"

"무슨 의미인데?"

"사랑은 아니냐는 의미."

미아의 입꼬리가 조금 올라갔다.

어느새 진지한 분위기는 어딘가로 사라지고 지금은 그저 평소와 같은 그녀가 있었다.

"사랑이라……. 그 녀석을 좋아하긴 하지만 사랑이냐고 한다면 또 다르지. 나는 평생 사랑할 여자는 한 명이라고 정해놨거든."

"어……? 뭐야, 그 사고방식. 쓸데없이 비장한데."

"누군가를 좋아하게 된다면 절대 한눈팔지 않을 거야. 그래서 나는 그 한 명을 신중하게 고르고 싶어. 아직 한 달 정도밖에 안 되는 관계에 그런 감정은 못 느껴."

앞으로 반년, 1년을 함께 지내는 사이에 사랑이 싹틀 가능성은 부정하지 못한다.

적어도 지금 이 단계에서 말할 수 있는 건, '현재' 사랑하지 않는다는 부분뿐이다.

"재미없는 대답이라서 미안."

"아니. 나로서는 고마운 대답이지."

"어?"

"그럼 나한테도 아직 기회가 있다는 거잖아?"

미아는 입술을 혀로 훑으며 그렇게 말했다.

"──농담이야."

내가 어안이 벙벙해진 걸 느낀 건지 미아는 나에게서 거리를 벌리고 장난기 어린 윙크를 날렸다.

"실망했어?"

"하아……. 오히려 안심이지. 네가 진심으로 넘어트리려고 하면 못 도망갈 것 같거든."

"잘 알잖아? 나는 의외로 교활하니까 온갖 수단을 다 써서 도망치지 못하게 할 거야."

의외는 아니라고 보는데.

우선 지금은 지적하는 것도 피곤한 시간대이니 건너뛰기로 했다.

"애초에 우리가 연애 같은 걸 했다간 일부 팬에게서 어마어마한 공격이 들어올 테니까. 설령 숨어서 사귄다고 해도 그 위험부담이 더 커 보여."

"……너와 나는 정말 닮은 것 같다."

"오, 그거 영광인데?"

아이돌과 가까워질 수 있다는 것보다, 그게 들켰을 때의 손해가 더 크게 보인다는 부분에서 그녀에게 강하게 공감할 수 있었다.

결국 무언가를 망가트려 버리는 게 무서운 거다.

"……그럼 나는 슬슬 물러가기로 할까. 밤샘은 피부의 천적이라고 하고."

"그래? 그럼 조심해서── 같은 소릴 할 거리는 아니네."

"후후, 그러게. 정리 도와주고 가는 게 나을까?"

"아니, 전부 내가 할 거야. 내가 쓴 부엌에 관련된 건 전부 직접 해야 만족할 수 있거든."

"너도 굉장히 금욕적이네. 그럼 염치 불고하고 그렇게 할게. 오늘은 맛있는 식사 고마워."

미아는 자신의 짐을 챙긴 뒤 손을 가볍게 흔들고 나갔다.

자 그럼, 먹은 걸 치우기 전에 나는 쿨쿨 잠든 두 명을 깨워야만 한다.

침실로 향해 레이와 카논이 잠든 침대로 다가갔다.

'카논……. 너 잠버릇 너무 나쁜 거 아니냐.'

호쾌하게 레이의 몸에 다리를 올려놓은 카논을 보고 나는 한숨을 쉬었다.

아무튼, 깨우려고 두 사람의 어깨를 흔들었다.

"여보세요, 두 분. 이제 자기 집에 돌아가서 자."

"응…… 응, ……뭐야? 벌써 아침?"

"한밤중이야. 빨리 돌아가서 다시 자."

"어…… 그럴게."

꾸물꾸물 일어난 카논은 그대로 비틀비틀 집에서 나갔다.

띄엄띄엄 벽에 부딪히는 소리가 들렸지만 어떻게든 바깥 복도로는 나간 모양이었다.

걱정되니까 나중에 일단 복도까지만 확인해두자. 쓰러져있을지도 몰라.

"자, 레이도."

"……응."

카논과는 다르게 얌전히 일어난 레이는 나를 힐끗 쳐다본 뒤 그대로 집에서 나갔다.

이렇게 나는 혼자가 되었다.

깨끗하게 비운 빠에야와 수프, 스페어립 식기를 들고 개수대로 향했다.

기름이 묻은 접시는 미지근한 물에 담가둔 뒤 설거지하기 쉬운 것부터 스펀지와 식기용 세제로 문질렀다.

정신없이 설거지에 몰두하기를 몇 분, 나는 문득 위화감을 느꼈다.

"레이 녀석…… 유독 얌전히 돌아갔지?"

말로 해 본 뒤에야 위화감의 정체를 깨달았다.

그래, 자다 깬 레이가 휘청거림조차 없었다니.

보통은 카논처럼 잠에 취해서 위태로움조차 느낄 정도였는데, 오늘은 발걸음이 안정적이었다.

'뭐, 그래서 어떻다는 건 아니지만.'

그리 오래 잤던 것도 아니니까, 아마 몇 시간씩 자다가 아침에 깼을 때와는 또 다른 거겠지.

이때의 나는 그 이상 특별히 무언가를 생각하지 않고 묵묵히 설거지를 마쳤다.

시끌시끌한 소음과 고상한 음악이 내 귀를 두드렸다.

문득 발밑을 보자 유난히 작은 신발이 시야에 들어왔다.

그래, 이건 꿈이구나.

이 옷차림은 초등학생 때다. 고등학생이 된 내가 입을 수 있는 신발이 아니다.

가끔 있잖아. 꿈이라는 걸 눈치채는 꿈.

풍경이 뭉글뭉글 일그러진다.

지금 내가 서 있는 장소는 본 적이 있었다.

대기업이 모인 사교 파티 회장.

나는 다른 기업에서 초대받은 아버지를 따라왔었지, 아마?

『오오, 그 아이가 시도 씨의 아들이로군요.』

『네, 그렇습니다.』

내 옆에서 아버지가 낯선 남자와 대화하고 있다.

두 사람 다 얼굴에 안개가 껴서 선명하게 보이지 않았다.

『그쪽은 ——씨의 아이입니까?』

『네, 자랑스러운 딸입니다.』

풍경만이 아니라 두 사람의 대화 일부도 흐릿했다.

그만큼 나에게 이 회장에서 있었던 기억이 흐릿하다는 건지도 모른다.

『자, '레이'. 인사해야지.』

'레이'라고 불린 소녀가 나와 아버지 앞에 나타났다.

예쁜 금발에 푸른빛이 도는 눈동자.

나이는 나와 동갑내기 정도일까. 마치 인형처럼 귀여웠다.

『——'레이'입니다. 안녕하세요.』

나는 눈앞에 있는 소녀의 얼굴에서 어딘가 익숙함을 느꼈다.

하지만 기억과 기억을 연결하려고 하면 안개가 짙어져서 그 이상은 생각할 수 없었다.

"아빠, 이 애 되게 귀엽다."

내 의사와는 상관없이 입이 멋대로 말했다.

그래, 이때 오랜만에 아버지를 만나서 나는 조금 들떠 있었다.

말투를 들으며 막연히 그런 기억을 떠올렸다.

『음, 그러게.』

『역시 그 시도 그룹의 자제. 보는 눈이 있군요.』

『……감사합니다.』

그렇게 인사하는 아버지는 내 등을 살며시 밀어서 '레이'에게 다가가게 했다.

『나는 당분간 이 아저씨와 일 이야기를 해야 한다. 너는 알아서 놀아라.』

"어…… 아빠와 같이 있으면 안 돼?"

『일 이야기를 들어봤자 지루하기만 하겠지.』

하하, 꿈속에서도 똑같다니까.

『……그렇다면 우리 '레이'를 맡겨도 될까? 이 근처에서 놀고 있으렴.』

그 말에 나는 '레이'와 눈을 마주쳤다.

그래, 나는 분명 그 아이의 불안해 보이는 표정을 보고 어떻게든 해줘야겠다고 생각했다.

나는 '레이'에게 다가가 그 손을 잡았다.

"가자!"

『……으, 응.』

어딘가 난처해하는 듯한 그 아이의 손을 잡고 회장을 걸어갔다.

일류기업의 중진들만 모여있는 회장이다 보니 뷔페 형식의 고급 요리가 빽빽하게 놓여 있었다.

나는 내가 먹고서 맛있었던 걸 접시에 담아 그 아이에게 내밀었다.

"이 케이크 아주 맛있었으니까, 괜찮으면 먹어봐."

『아…….』

'레이'는 나에게서 케이크가 담긴 접시를 받긴 했지만, 쳐다보기만 할 뿐 손을 대려 하지 않았다.

"혹시 싫어해?"

『아, 아니…… 아니지만, 아빠가 단 건 충치가 생기니까 많이 먹지 말랬어.』

"그건 아깝잖아. 이렇게 맛있는 게 많이 있는데…….."

『──하지만.』

"'레이'는 먹고 싶어? 먹고 싶지 않아?"

내 질문에 '레이'는 난처한 듯 눈썹을 찡그렸다.

잠시 생각한 뒤 '레이'가 입을 열었다.

『먹고…… 싶어.』

"그럼 몰래 먹자."

나는 주위를 둘러보고 아무도 이쪽을 보고 있지 않다는 걸 확인했다.

그 후 테이블 주변에 쪼그려 앉아 테이블보를 들췄다.

"이리 와."

『으, 응.』

둘이 함께 테이블 아래로 숨었다.

어른은 들어올 수 없을 법한, 어린아이들만의 공간.

그런 장소에 가슴이 설레는 걸 느끼며 다시금 케이크 접시를 '레이'에게 내밀었다.

"단 걸 먹은 뒤에는 양치질을 꼼꼼히 해. 그러면 충치에 안 걸려."

『그런 거야……?』

"괜찮아. 나를 믿어."

내 눈을 본 '레이'는 굳게 결심한 듯 케이크를 입에 넣었다.

그 순간 그녀의 표정은 보고 있는 내가 눈이 부실 정도로 환해졌다.

『맛있어……!』

"그렇지? 기다려봐, 다른 것도 가져올게."

그 후 아버지들이 돌아올 때까지 나는 '레이'를 위해 다양한 요리를 가져갔다.

왜 그렇게까지 필사적이었는지── 아, 그래. '레이'가 맛있는 걸 먹었을 때의 미소를 더 보고 싶었기 때문이다.

사람은 맛있는 것을 먹으면 웃는다.

누군가를 웃게 해줄 수 있다는 게 너무 기뻐서, 그걸 더 많이 보고 싶었다.

계속 잊고 있었던 어린 시절의 꿈.

────하하, 이제 와서 생각나다니.

나는 '그 녀석'과 마찬가지로, 누군가를 웃게 해주고 싶었다.

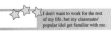

이상한 꿈을 꿨다.

언젠가 갔던 파티 때의 꿈이었던 것 같은데, 잠에서 깨어 잠시 지나자 내용을 거의 잊어버리고 말았다.

하지만 무척 중요한 기억이었던 것 같은 느낌이 든다.

침대에서 일어난 나는 세탁기로 향했다.

쌓여있던 옷을 전부 세탁기에 넣고 약 한 시간.

모닝커피를 마시면서 시간을 보낸 뒤, 세탁기가 멈추자 그걸 베란다에 널었다.

이 집에 이사 와서 처음 하는 빨래였는데, 벌써 몇 년씩 반복했던 작업처럼 막힘이 없었다.

오늘은 일요일인데도 밀스타 세 사람은 다들 외출했다.

아무래도 라이브 선전을 위한 방송을 촬영하러 가서 저녁까진 돌아오지 않는다는 모양이다.

대기실에 도시락이 나온다고 하니, 일단 돌아올 때까지 나는 일이 없다.

하지만 그건 집 안에서 그렇다는 거고.

나는 나대로 급하게 들어온 유즈키 선생님의 어시스턴트 일이 있었다.

"웃차⋯⋯."

마지막 티셔츠를 널고 집에서 나섰다.

이전까진 별로 쓸 기회가 없었던 자전거를 타고 유즈키 선생님의 작업실으로 향했다.

역시 이사하고 가장 편리해진 점은 이렇게 전철을 타지 않고도 작업실에 갈 수 있다는 점이다.

맨션 아래에 자전거를 세우고 작업실로 들어갔다.

현관에 유즈키 선생님의 신발만 있는 걸 보아 다른 어시스턴트 분들은 아직 오지 않은 모양이었다.

말하는 걸 깜빡했지만, 유즈키 선생님은 여기에서 사는 게 아니다.

운동 부족을 해소하기 위해 집에서 걸어 다닐 수 있는 거리에 작업실을 빌린 상태다.

조금 더 추가설명을 하자면 그녀는 집안일을 대단히 귀찮아하기 때문에 가끔 내가 청소를 담당할 때도 있다.

대체로 한 달에 한 번 정도?

쓰레기집 레벨로 보면, 매번 용케 이렇게까지 난장판을 만들 수 있다며 감탄하게 될 정도라고만 말해두자.

"좋은 아침입니다, 유즈키 선생님."

"아, 린타로! 미안해, 고등학생의 귀중한 휴일인데."

"레이도 일하러 가서 오늘은 한가했으니 마침 잘 됐죠. 뭐부터 하면 되나요?"

"먹칠 부탁하고 싶거든. 이번 달엔 단행본 작업도 있는데, 그 단행본에만 실리는 단편을 하나 그릴 거야."

"아하, 그럼 스케줄도 빡빡해지겠네요."

"내 말이……. 페이지 수는 적어도 괜찮다고 했지만, 그래도 상당히 조이지 않으면 마감을 못 맞춰."

애초에 이번 달 원고도 아직 안 끝났다.

그쪽도 작업하면서 실질적으로 한 화 정도 더 그려야 하니, 5월 때와 비슷한 수준의 아수라장은 각오해야 하는 건지도 모른다.

"힘내야겠네요. 저도 미미하지만 전력으로 도울 테니까요."

"으으……. 린타로 착해……. 알바비 많이 줄게에."

"기대할게요."

시각은 아직 9시 전.

9시가 되면 다른 어시스턴트 분들도 모일 것이다.

그때까지 손이 느린 나는 조금이라도 작업을 진행해두어야 한다.

어시스턴트 분들은 나와 다르게 다들 만화로 먹고사는 사람들인 만큼 기술적 측면에서 도저히 따라잡을 수 없는 수준이니까.

"아, 맞다. 린타로, 여기 다녀와."

"네?"

갑자기 유즈키 선생님이 내 책상 위에 두 장의 티켓을 올려놨다.

아무래도 수족관 무료권인 모양이었다.

"왜 선생님이 수족관 티켓을 갖고 계세요?"

"어시가 여자친구에게 차였다더라고……. 사실은 둘이서 갈 예정이었던 곳에 혼자 가는 건 고통스럽다면서 나한테 줬어. 나도 같이 갈 상대가 없으니까 마침 남아돌던 참이었거든. 하지만 린타로라면 오토사키와 같이 갈 수 있지 않아?"

"뭐, 그렇게 말하면 그럴지도 모르지만…… 저는 그렇다 쳐도 그 녀석이 장난 아니게 바빠서요. 아마 날리게 될 것 같은데요."

"물어보는 건 할 수 있지 않아? 못 갈 것 같으면 학교 친구에게 라도 줘."

"으음, 그런 거라면."

우선 나는 그 티켓을 지갑 안에 넣었다.

일단 지금 들은 대로 레이에게 먼저 물어보되, 못 간다고 하면 유키오에게 줘야지.

내가 유키오와 같이 가면 되지 않냐고 할지도 모르지만—— 개인적으로 얘가 못 가니까 대신 쟤랑 간다는 대안은 불편하다.

상대방에게 너는 두 번째라고 말하는 듯한 느낌이 든다.

그런 껄끄러움을 느낄 바에야 그냥 안 하는 게 낫다.

"첫 데이트구나, 린타로. 우후후후후. 제대로 감상도 들려줘야 한다?"

"자기는 해본 적 없는 주제에 남을 놀리려고 하다니 좀 촌스럽지 않나요. 유즈키 선생님."

"너는 지금 하면 안 되는 말을 했어!"

모태 솔로 만화가의 외침이 작업실 안에 울려 퍼졌다.

임시 어시스턴트 알바를 마친 날 밤, 나는 일식 카레를 태우지 않도록 휘저으면서 유즈키 선생님에게 받은 수족관 티켓에 대해 생각했다.

"으음……. 누가 뭐라고 하든 영락없이 데이트 신청으로 보이겠지."

남자가 여자에게 같이 수족관에 가자고 한다. 그것도 단둘이.

어제 미아에게 이상한 소릴 들은 바람에 묘하게 의식하고 말았다.

나 자신은 그런 의도가 없지만…… 아까부터 왠지 찜찜한 긴장감이 느껴진다.

"다녀왔어."

현관문이 열리며 레이가 거실로 들어왔다.

엄밀하게는 여기도 레이의 집이 아니지만, 귀가 인사를 하는 관계에 너무 익숙해지는 바람에 위화감을 느끼지 않는다.

"오냐, 어서 와."

"! 오늘 카레?"

"그래. 지난번 일식 카레를 조금 개량해봤어. 건더기도 조금 바꿨으니까 괜찮다면 감상 들려줘."

"응."

조금 신이 난 듯한 목소리로 대답한 레이는 손을 씻고 돌아왔다.

그러는 동안 밥을 푸고 루를 끼얹어 테이블에 가져다 놓았다. 향신료와 맛국물의 냄새가 섞이며 보통 카레와는 다른, 식욕을 자극하는 냄새가 실내에 가득 찼다.

""잘 먹겠습니다.""

숟가락을 놀려 카레를 입에 넣었다.

실내에 떠돌던 것보다도 한층 강렬한 냄새가 코를 찔렀다.

으음, 좋네.

격무로 배가 홀쭉해졌다는 요소도 있을 테지만, 그걸 빼고 생각해도 상당히 맛있다.

이건 메뉴 보관함에 보내야겠다.

"맛있어……! 평소 먹던 카레와는 좀 달라."

"다행이네. 일단 인터넷으로 조금 조사한 뒤에 만들었지만 대부분 감에 의존한 거라."

결국 레이는 그 후 두 그릇을 더 먹어서, 상당히 넉넉하게 만들었던 카레를 잔량 1인분으로 줄여 놓고 저녁 식사 시간을 끝냈다.

평소처럼 식후 커피를 마시며 나와 레이는 멍하니 TV를 바라보고 있었다.

"오늘 촬영한 프로그램은 언제 방송되는 거야?"

"약 2주 뒤에."

"오호……."

소소한 대화를 나누며 나는 힐끔 시간을 확인했다.

──슬슬 말할 때인가.

주머니에 넣었던 티켓을 꺼내 한 장을 레이 앞에 내려놨다.

"린타로, 이거 뭐야?"

"수족관 티켓. 유즈키 선생님이 주셨어. 레이와 같이 다녀오라면서. 연습한다고 피로도 상당히 쌓였을지도 모르고, 스트레스 해소가 되지 않을까 하는데……."

레이는 어안이 벙벙한 표정으로 나와 티켓을 번갈아 쳐다봤다.

으음, 좀 애매한 느낌이네.

"……뭐, 아이돌이 남자와 둘이서 수족관에 가는 것도 꽤 위험하니까. 티켓이 하나 더 있다면 밀스타 셋이서 다녀오라고 줄 수 있었지만……. 애초에 일단 해 본 말이니까 어렵다면 거절해도——."

"……래."

"어?"

"갈래……! 죽어도 같이 갈래."

레이는 별안간 몸을 쑥 내밀고는 전에 없이 큰 소리로 말했다. 그 기세에 눌린 나는 무심코 등을 젖혔다.

"어, 어어……. 그러냐."

"변장 꼼꼼히 해서 안 들키게 할게. 다음 토요일은 휴일이니까, 그때."

"아, 알았어. 알았다고! 그날 가자!"

이렇게 우리의 수족관 데이트가 원만히 확정되었다.

그리하여 나는 레이와 함께 외출하게 되었는데——.

"어떻게 해야 하지……."

방에서 홀로 중얼거릴 정도로 나는 여성과 단둘이 외출한 경험이 없다.

약속 시각까지 앞으로 한 시간.

아직 뭘 입고 갈지 정하지 못한 나는 옷장 앞에서 머리를 부여

잡고 있었다.

둘이 같이 나가는 이상 레이에게 부끄러운 복장은 피하고 싶다.

즉 촌스러운 옷차림은 논외라는 셈인데, 그건 상식적인 범주일 테지.

반대로 화려한 것도 안 된다.

레이가 기껏 변장했는데 내가 눈에 띄는 모습이면 괜한 주목을 받게 된다.

아무리 겉모습을 바꿔놔도 보는 눈이 많아지면 정체를 들킬 확률도 커진다.

"……좀 수수해도 무난하게 가야겠지?"

결국 나는 청바지에 검은 티셔츠를 입고, 원 포인트로 싸구려 목걸이를 한 뒤 집에서 나왔다.

거울로 일단 확인해봤는데 the 무난이라는 느낌이었다고 본다.

목적지는 역 앞 광장.

같은 맨션에 살고 있으니 따로 만나지 말고 같이 나오면 되지 않냐고 생각할 테지.

하지만 만에 하나라도 맨션에서 같이 나오는 모습을 주간지에 찍히기라도 했다간 모처럼 스캔들 대책으로 같은 층을 모조리 빌린 게 헛수고가 되어버린다.

지나친 경계라고 해도 무슨 일이 일어난 뒤에는 늦다.

밖은 이미 여름에 한 발 걸친 듯한 기온이었다.

나는 땀이 살짝 맺힐까 말까 하는 시점에 역 앞에 도착했다.

역 앞에는 기묘한 오브제가 있어서 그걸 약속 장소의 랜드마크로 많이 사용한다.

　우리도 거기서 만나기로 했는데——.

　"으음, 저 사람인가……?"

　오브제 앞에 큼직한 모자를 쓰고 선글라스를 낀 여자가 서 있었다.

　레이라는 걸 알고 본다면 가까스로 레이임을 인식할 수 있을 만큼 상당히 공을 들인 변장이었다.

　"왔어. 기다렸지?"

　"아니. 도착하고 아직 5분도 안 지났어."

　"그러냐. 딱히 시간제한이 있는 건 아니지만 바로 갈까."

　"응. 기대돼."

　우리는 그렇게 역으로 들어가——지 않고, 손님을 기다리던 택시를 탔다.

　전철을 타지 않는 이유는 당연히 불특정 다수의 인간이 볼 가능성이 커지기 때문이다.

　택시를 타고 약 한 시간.

　우리는 이 근방에서 유명한 수족관에 도착했다.

　휴일인 만큼 어린아이를 데려온 가족 손님이 많다는 인상이었다.

　"새삼스럽지만 나는 수족관에 온 적이 별로 없어."

　"그래? ……뭐, 나도 비슷한 신세지만."

　"아버지도 어머니도 바빠. 그래서 같이 온 적이 없어. 초등학생 때 견학 간 게 처음이자 마지막이야."

──나도 똑같았다.

유일하게 다른 점이 있다면, 딱 한 번 어머니가 데려가 준 적이
있다는 것뿐일까.

지금 생각해 보면 그것도 나를 두고 간다는 죄책감에서 나온 행
동이었던 건지도 모른다.

"그러니까 오늘이 더 기대됐어. 린타로, 불러줘서 고마워."

"……천만에."

그렇게까지 좋은 추억이 없었던 수족관이라는 장소도, 레이와
함께라면 즐길 수 있을지도 모르겠다.

이윽고 접수대에서 티켓을 보여준 우리는 건물 안으로 들어갔다.

건물 안의 통로는 어두운 대신 좌우의 수조가 강조되도록 조명
이 설치되어 있었다.

수조 내부는 참으로 환상적이어서 수많은 물고기가 기분 좋게
헤엄치고 있었다.

"린타로, 아주 귀여운 물고기가 있어."

"흰동가리라고 적혀 있네……. 그리고 보면 전에 흰동가리가
주인공인 영화를 본 것 같아."

"그럼 이건?"

"해마네."

레이는 보이는 모든 것에 눈을 빛내며 바쁘게 시선을 움직였다.

아주 즐거워하는 모양이었다.

데려오는 계기가 된 유즈키 선생님에겐 나중에 재차 인사해야겠다.

"린타로, 돌고래 쇼를 한대."

평소보다 더 들뜬 목소리로 레이가 내 손을 잡아끌었다.

레이가 끌고 간 간판에는 돌고래 쇼의 시간표가 적혀 있었다.

"마침 잘됐네. 지금부터 10분 뒤라는데."

"꼭 보고 싶어."

"그래, 그래. 잠깐 이탈하게 되긴 하지만, 가 볼까."

길에서 벗어난 우리는 건물 밖으로 나왔다.

돌고래 쇼는 상당히 성황인 모양이었다. 우리는 입장 대기 줄에 섰다.

"돌고래 좋아해?"

"귀여워서 좋아. 아니, 귀여운 동물은 다 좋아."

"아하……."

레이는 언제 봐도 무슨 생각하는 건지 알아보기 어려운 타입이지만, 근본적인 부분이 평범한 사람이라는 건 다를 게 없는 모양이었다.

이렇게 그녀의 인간다운 부분을 알자 조금 안심했다.

"아, 회장 오픈했나 봐."

"음, 그럼 갈까."

대기 줄의 움직임을 따라 우리는 돌고래 쇼 회장으로 들어갔다.

만석까진 아니었지만, 객석에는 꽤 많은 사람이 앉았다.

우리는 앞에서 두 번째 줄로 안내받았다.

돌고래가 있는 풀장에서 상당히 가까우니 제법 좋은 자리에 앉은 게 아닐까.

"여러분! 돌고래 쇼에 잘 오셨습니다! 이 쇼에서는 돌고래가 점프할 때 물이 튀므로 옷이 다소 젖게 될 가능성이 있습니다! 불편한 분이 계신다면 뒤쪽 자리로 이동하시는 걸 권장합니다!"

담당자가 손님들에게 주의사항을 전달했다.

그러자 맨 앞줄에 있던 몇 명이 뒤로 물러났다.

그중 두 팀은 커플이었는데, 여자 쪽이 예쁘게 화장한 얼굴이었다. 만에 하나라도 그 화장이 지워지는 사태는 피하고 싶은 거겠지. 남자의 관점이긴 하지만 현명한 판단이라고 본다.

"린타로, 앞에 비었어."

"뭐야…… 당겨 앉게?"

"더 가까이서 보고 싶어."

"그러니까 맨 앞줄은 물이——안 듣고 있잖아."

레이는 신이 난 듯 자리가 난 맨 앞자리로 이동했다.

나는 잠시 고민한 뒤 결국 일행을 혼자 보내는 것도 이상하단 결론을 내리고 옆자리에 앉았다.

젖으면 진짜 어떡하지.

"그럼! 돌고래 미짱과 카군의 화려한 쇼를 감상해주세요!"

잠수복을 입은 담당자가 두 마리의 돌고래와 함께 헤엄치기 시작했다.

그녀와 돌고래는 마치 완벽하게 의사소통을 나눌 수 있는 것처럼 호흡이 척척 맞았다.

이윽고 도움닫기와 함께 두 마리의 돌고래가 물 위로 점프했다.

나도 모르게 환호성이 나올 뻔할 정도로 아름다운 움직임이었다.

하지만 여기서 비극이 일어났다.

허공에 떠 있던 돌고래가 객석과 상당히 가까운 위치에서 물속으로 뛰어들자 대량의 물보라가 튀었다.

이쪽으로 날아오는 물보라를 멍하니 바라보며 나는 머릿속으로 한탄했다.

이럴 줄 알았지.

촤악. 가슴에 가벼운 충격을 느끼며 옷이 축축하게 젖었다.

옆을 보자 레이의 옷도 조금이라고 할 수 없는 양의 물을 뒤집어썼다.

문제는 거기서부터.

원래 레이의 복장이 얇았던 탓에 가슴 부분이 몸에 찰싹 달라붙고 말았다.

그 때문에 흉부를 받치기 위한 속옷이 살짝 비쳤다. 바꿔 말하자면, 그러니까, 브래지어가.

다행히 여기는 맨 앞줄. 정면에서 그녀를 보는 인간은 없다.

지금 이 자리에서 민망해질 일은 일어나지 않을 테지만——.

'아니 그런데, 이 녀석 눈치 못 챈 거야……?'

레이는 눈을 반짝반짝 빛내며 점프하는 돌고래를 보고 있었다.

그 표정을 보고 힘이 빠졌다.

뭐, 당장 문제는 없으니까 일단 쇼가 끝날 때까지 내버려 두자.

여기서 억지로 데리고 나가는 건 내키지 않았다.

──그러는 사이에 돌고래 쇼는 피날레를 향해 고조되기 시작했다.

쇼의 중반에서 늘어난 두 마리의 돌고래와 처음부터 나와 있던 미짱과 카군이라고 불렸던 돌고래.

총 네 마리의 돌고래는 각각 풀장 구석으로 이동하더니 일제히 중심부를 향해 헤엄쳤다.

그렇게 교차하는 순간, 절묘한 간격으로 차례차례 수면 위로 점프해서 허공에 네 개의 곡선을 그렸다.

이 스페셜 기술을 마지막으로 돌고래 쇼가 끝났다.

"좋아, 그럼 나가자."

"어? 아직 사육사 언니가 인사하는 중인데……."

"한시라도 빨리 그 옷을 어떻게든 해야 한다고!"

나는 레이의 손을 잡고 회장을 뒤로했다.

그녀의 가슴을 내가 갖고 있던 핸드타월로 덮어서 임시로 시선 대책은 해놓았다.

달려가듯 들어간 곳은 이 수족관의 기념품 가게.

"자, 그 상태로는 돌아다닐 수 없잖아? 돈이 아까울지도 모르지만 여기서 옷을 사자."

"음……. 확실히."

자기 몸을 내려다본 레이는 그제야 쫄딱 젖었다는 걸 알아차린 모양이었다.

눈앞에 전시되어 있는 건 물고기 그림이 프린팅된 티셔츠들.

솔직히 귀여움을 중시한 실내복이긴 하지만, 속옷이 비치는 상태보다는 훨씬 나을 것이다.

"린타로, 그럼 페어룩 입자."

"뭐?!"

"모처럼이니까 세트로 맞추고 싶어."

"쪽팔리잖아! 커플도 아니고⋯⋯."

"오늘은 데이트. ⋯⋯안 돼?"

그건 대체 무슨 이론인 건데―.

다만 인기 아이돌이 눈을 슬쩍 굴려서 올려다보는 시선에는 어마어마한 파괴력이 담겨 있어 나는 무심코 주춤거렸다.

모처럼 하는 제안을 거절해서 실망하게 만드는 것도 껄끄러웠다.

'어쩔 수 없나⋯⋯.'

나는 크게 한숨을 쉰 뒤 하늘색 돌고래 티셔츠를 들었다.

"알았어. 하지만 나는 이 돌고래 티셔츠 말고는 인정 못 해."

"응. 나도 그 디자인이 마음에 들던 참이었어."

레이는 내가 고른 티셔츠와 세트 느낌이 나는 분홍색 돌고래 티셔츠를 들었다.

두 벌 다 자기가 사겠다는 레이의 주장을 기각하고 나는 내가 입을 티셔츠만 샀다.

남자로서 레이 몫까지 내지 않는다는 것도 꼴사나울지도 모르지만, 상대방이 사겠다는 걸 거절한 이상 내가 내겠다는 말도 할 수 없었다.

이렇게 우리는 돌고래 티셔츠를 나란히 구입했다.

기념품 가게에는 당연히 탈의실 같은 게 없었기에 우리는 옷을 갈아입으러 화장실로 향했다.

가는 도중 그녀가 기쁘다는 듯 자신의 티셔츠를 껴안은 모습이 인상적이었다.

"······정말로 이거 입고 돌아다니는 거냐."

화장실 거울 앞에서 나는 내 모습을 새삼 확인했다.

하얀 티셔츠의 중앙부에 하늘색 돌고래가 당당히 점프하고 있다.

귀엽다. 그야 귀엽기는 하지만——.

"뭐, 됐다."

모르겠다. 자잘한 건 신경 쓰지 말자. 중요한 건 레이가 즐거워 한다는 거니까.

오늘만은 그녀의 기분전환을 위해 전력을 다하리라.

화장실에서 나와 근처에 설치되어 있던 포토존 앞에서 레이를 기다리려고 했는데, 고작 몇 초 만에 레이도 화장실에서 나왔다.

색만 다를 뿐 같은 디자인인 옷을 입고 있는데 그녀가 입자 어째서인지 그림이 됐다. 새삼 그녀의 미모가 얼마나 대단한지 실감했다.

"기다렸어?"

"5초 정도."

"지금은 방금 막 나왔어라고 말해주지. 로망인데."

"요즘은 드라마에서도 들을 일 없어진 대사를 쪽팔려서 어떻게 말하냐……. 자, 가자."

"응."

우리는 그대로 수족관 순회 코너로 돌아갔다.

처음에는 페어룩을 입고 돌아다니는 게 부끄러웠지만, 수조 속을 헤엄치는 색색의 물고기들을 구경하는 사이에 조금씩 잊어버렸다.

수조에 비친 레이의 즐거워하는 얼굴을 보며 나는 새삼 데려오길 잘했다고 느꼈다.

즐거운 시간은 순식간에 지나간다.

끝까지 다 본 우리는 접수대 근처로 돌아갔다.

시각은 오후 1시가 조금 지난 정도. 점심시간이라고 할 수도 있긴 하지만 아니라고 할 수도 있는 미묘한 시각이었다.

어쨌거나 배는 많이 고프니 모처럼 나온 김에 어딘가에서 먹고 가고 싶은데──.

"목이 조금 마르니까 마실 거 사 올게."

"뭐야, 그런 거면 내가 갈게."

"됐어. 린타로 거도 사 올게. 티켓도 받았으니까 이 정도는 보답하게 해줘."

"……그렇게 나오면 약해지는데."

레이는 나를 근처 벤치에 앉힌 뒤 그대로 자판기를 향해 빠르게 걸어갔다.

으음, 심심해라.

심심풀이로 스마트폰을 꺼내 만화 애플리케이션을 열고 시간을 보내려 했다.

요즘은 레이가 추천한 만화를 몇 개 찜해놓고선, 시간이 지나면 회복되는 게이지나 티켓으로 야금야금 읽고 있었다.

이 시스템은 정말로 고맙다.

몇 화 정도 읽어 보고 다음 내용이 궁금하면 아예 단행본으로 구매한다.

덕분에 사놓고 꽝인 경우는 거의 없어져서 절약하면서도 만화를 충분히 즐길 수 있다.

"——어라? 시도?"

새 만화의 1화를 읽으려고 한 그때, 들어본 적 있는 여자의 목소리가 들렸다.

고개를 들자 같은 반 위원장인 니카이도 아즈사가 눈앞에 서 있었다.

어깨가 조금 보이는 반소매와 롱스커트, 조금 어른스러운 사복을 입은 그녀는 놀란 눈으로 나를 보고 있다.

"……니카이도잖아! 우연이네. 이런 곳에서."

완전히 방심했던 탓에 순간 가면을 쓰는 게 늦어졌지만, 어떻게든 수습해서 맞췄다.

그 순간 내가 수족관 티셔츠를 입고 있다는 사실에 수치심을 느꼈다.

레이와 둘이 같이 있을 때는 신경 쓰이지 않게 되었지만, 혼자 있으니 상당히 쪽팔리다.

수족관에 왔다고 굉장히 신난 녀석으로 보이잖아.

"어이, 아즈사. 무슨 일이야?"

니카이도가 있는 방향에서 또다시 들어본 적 있는 목소리가 들렸다.

모습을 드러낸 사람은 도모토 류지, 노기 호노카, 그리고 카키하라 유스케라는 인싸 친목 그룹.

아무래도 얘들도 이 수족관에 놀러 온 모양이었다.

"오, 시도잖아. 너도 왔었구나!"

"아, 도모토……. 변함없이 다들 사이가 좋구나."

"그러지 마. 좀 민망하잖냐."

쾌활하게 웃는 도모토는 은근히 기쁘다는 듯 머리를 긁적였다.

이어서 다가온 노기와 카키하라도 나를 보고는 놀란 표정을 지었다.

"어라! 시도잖아! 대박 우연이네."

"설마 이런 곳에서 만나다니, 우연의 힘은 대단하구나."

노기와 카키하라에게 손을 흔들어 인사했다.

그 틈을 타고 레이가 갔던 자판기 쪽으로 힐끔 시선을 보냈다. 그녀는 아직 자판기 앞에 있다.

여러 개 있는 자판기 앞을 오가는 걸 보면 아마 뭘 살지 고민하는 모양이다.

그대로 있어. 당분간 돌아오지 마.

"근데 의외네. 난 시도는 그런 굿즈 안 사는 사람인 줄 알았어."

"아, 하하하…… 아니, 은근히 사는걸? 유원지에 가면 머리띠를 사버린다거나 하는 타입이고.”

“우와! 그럼 나랑 꽤 마음이 맞을지도 모르겠네!”

안 맞아도 돼.

사실은 네가 생각했던 그대로의 인간이니까——같은 생각을 하면서도 입밖에는 내지 않았다.

보아하니 지금 막 수족관에 온 것 같으니, 조금 지나면 수족관을 둘러보러 들어가겠지.

괜한 정보는 꺼내지 않도록 조심하며 이 자리를 넘기고 싶다.

“저기, 시도. 모처럼 만났는데 같이 구경하지 않을래?”

“……어?”

숙달된 가짜 웃음으로 대응하고 있었더니 니카이도의 입에서 귀를 의심하는 발언이 불쑥 튀어나왔다.

“여, 여기서 만난 것도 인연이니까, 모처럼이니 어떤가 하고.”

“……아…….”

내가 대답을 주저하는 걸 알아차린 건지 카키하라가 순간적으로 치고 나왔다.

그는 니카이도의 어깨에 손을 올리고 나와 그녀의 얼굴을 번갈아 보았다.

“아즈사, 아마 시도는 지금부터 돌아가려던 참이 아닐까?”

“어?! 아, 미안해! 착각해서…….”

나는 얼굴이 빨개진 니카이도를 향해 신경 쓰지 말라고 말하며 웃었다.

휴우, 카키하라 나이스.

역시 인싸 군단의 리더(내 생각). 눈치가 빠르다니까.

"모처럼 권해줬지만 미안해. 타이밍이 조금 안 좋았네. 게다가 네 명 사이에 끼기에는 방해가 될 거야."

"그…… 그렇지 않아! 나는 시도를 환영하는걸!"

……애 뭐냐.

어째서인지 니카이도는 본인의 발언에 놀라서 당황한 듯 머리카락을 만지작거렸다.

이해할 수 없는 녀석이다.

"……아즈사, 너무 억지 부리지 마. 시도도 난처하잖아."

또다시 카키하라의 어시스트가 들어왔다.

하지만 어딘가 표정이 어두워진 것처럼 보이는 건 내 착각일까?

'아니…… 착각이 아니야.'

확실한 건 아니지만, 저런 눈을 알고 있다.

질투다.

초등학생 때 몇 번 경험했었지만, 이 나이가 되어 저런 시선을 받는 건 처음이었다.

아마 카키하라는 니카이도를 좋아하는 거겠지.

그래서 그녀가 나라는 남자에게 호의적으로 대하자 질투하는 거다.

그의 인간다운 면모를 봐서 안심하긴 했지만, 상황은 상당히 좋지 않다.

근본적으로 니카이도가 나에게 호감이 있다니 말이 안 된다고 생각하게 만들지 않으면 앞으로 학교생활에 지장이 생길 가능성이 있다.

————어쩔 수 없지.

"으응, 미안. 슬슬 **여자친구**가 돌아올 테니까 가 봐야 해."

"어……?"

니카이도의 얼굴이 확 딱딱해졌다.

뭐야, 카키하라의 질투는 착각에서 온 게 아니었어?

왜 니카이도가 이렇게 마음이 있는 듯한 반응을 보이는 거냐고.

"어?! 시도 여친 있었어? 완전 의외다!"

"아하하, 최근에 사귄 거라……."

"사진 없어?! 아! 하지만 여기서 기다리면 만날 수 있겠구나!"

"아, 아니! 낯을 심하게 가리는 애라서, 그런 건 좀 피하고 싶은
데……."

"에이……. 뭐, 그런 거라면 어쩔 수 없나."

미쳤다고 보여주겠냐. 이 자리에서 내 여자친구 역할을 해줄
사람은 그 오토사키 레이인데.

아무튼 노기의 추궁은 멈췄으니 잘 수습했다고 봐도 되겠지.

"그, 그렇구나! 그런 거라면 어쩔 수 없지. 아즈사. 우리도 빨리
가자."

"……응. 시도, 또 봐."

학교에서 보자.

그런 대화가 오가며 손을 흔들었다.

'……잘 넘겼나?'

수족관 안쪽으로 들어가는 4인조의 등을 배웅하며 나는 안도

의 숨을 내쉬었다.

카키하라의 눈에서는 마이너스 감정이 사라졌으니 상당히 좋은 선택지를 고른 모양이다.

그나저나 니카이도의 그 태도는 정말로 호감이 있기 때문인 걸까.

그렇다면 어디서 나에게 관심이 생긴 거지.

접점이라고 해 봐야 조리 실습 때밖에 없는데——.

아무튼 이제 나에겐 여자친구가 있다는 설정이 붙었으니 신경 쓸 필요도 없을 테지.

눈치가 없는 녀석들도 아니니까 이 일을 대대적으로 떠들고 다니지도 않을 테니 내 학교생활은 우선 평온을 지켰다고 할 수 있다.

'후우⋯⋯. 그나저나 그 녀석 너무 늦는데?'

카키하라 네와 꽤 오래 대화했던 것 같은데, 레이는 아직 돌아오지 않았다.

그 생각이 든 직후 갑자기 등 뒤에서 기척이 나타났다.

"린타로, 여자친구⋯⋯ 혹시 나 말이야?"

"⋯⋯듣고 있었어?"

"중간부터. 가까이 가면 안 될 것 같아서 적당히 거리 벌렸어."

"현명한 판단이야. 살았어."

내가 벤치에서 일어나자 뒤에 서 있던 레이가 앞으로 돌아와 내 옆에 섰다.

그녀는 어딘가 들뜬 듯한 모습으로 내 얼굴을 들여다보았다.

"미안, 내 맘대로 여자친구로 만들어서. 트러블을 피하려고 이용해버렸어."

"상관없어. 싫지 않으니까."

"하하, 망상병이냐고 비웃지 않아서 고맙다. ……아무튼, 자세한 이야기는 밖에 나간 뒤에 할까. 뭔가의 이유로 녀석들이 돌아오면 성가셔."

"알았어. 그 김에 밥 먹으러 가자."

"좋은 아이디어야. 네가 먹고 싶은 걸로 가자."

"그럼 라멘."

"그거 남자가 고르면 빈축을 사는 메뉴인데 말이지……."

거절할 이유도 없었기에 순순히 따라갔지만, 뭐라 말할 수 없는 복잡한 기분이다.

뭐 됐어. 오늘은 철저히 레이에게 맞춰주기로 했으니까.

데이트다움 같은 건 무시하고 그녀가 먹고 싶은 걸 먹기로 하자.

"━━━━저 사람은…… 오토사키?"

역 앞으로 돌아와 유명한 라멘 체인점에 들어갔다.

톤코츠 라멘이 메인인 가게로, 면의 양은 별로 많지 않다. 굳이 따지라면 리필을 전제로 한 구조다.

물론 리필하지 않아도 충분히 만족할 수 있을 만큼 맛있다.

"리필 부탁드립니다."

"넵!"

내 옆에서 오늘 세 번째 리필이 이뤄지는 중이었다.

시선을 그녀의 그릇으로 옮기자 면 가닥 하나 없는 국물만이 존재했다.

리필이 세 번째라는 건 벌써 세 그릇의 라멘이 그녀의 위장으로 들어갔다는 소리지만, 그녀의 몸은 완벽한 날씬함을 유지하고 있었다.

정말 이 녀석의 위는 어떻게 생겨먹은 거냐.

"린타로, 안 먹어?"

"……먹어."

어쩐지 패배한 기분을 느끼며 나도 라멘을 먹었다.

결국 레이는 네 번, 나는 두 번 리필하고 점심 식사를 마쳤다.

시각은 오후 2시 반.

아직 집에 돌아가기에는 이른 어중간한 시각이다.

그렇다고 데이트 초보자인 나한테는 그럴싸한 아이디어도 없는데———.

"린타로. 나, 가고 싶은 곳 있어."

"그래?"

"응. 따라와 줘."

레이가 가고 싶은 곳이 있다면 잘 됐지.

나는 그녀를 따라 택시에 탔다.

상당히 거리가 있는 곳이 목적지인 건지 이동시간이 한 시간이 넘어갔다.

이윽고 그녀가 정한 목적지에 도착한 우리는 택시에서 내렸다.

"나한테 맞추게 해서 미안. 하지만 꼭 둘이서 오고 싶었어."

눈앞에는 거대한 건물.

그러니까── 그래, 일본 부도칸(武道館).

원래는 이름에 맞게 무도대회 같은 용도로 사용하는 회장이지만, 가수의 라이브 회장으로도 유명한 장소다.

'일본 부도칸에 가자'.

그런 목표를 내걸고 활동하는 사람도 있을 정도로는 거대한 시설이다.

"……왜 보고 싶었던 거야?"

"여기서 라이브하는 게 아이돌이 된 나의 다음 목표. 그리고 그 꿈도 앞으로 조금만 더 하면 손이 닿을 곳까지 왔어."

레이는 한 걸음, 두 걸음 부도칸을 향해 다가갔다.

"요즘 주변 사람들에게 많이 들어. 표정이 밝아졌다고. 분명 그건 린타로 덕분이야."

"그럴 리가. 내가 뭘 했다고."

"그럴 줄 알았어. 하지만 린타로 덕분이 맞아. 확실한 사실이야."

『사실 웃는 얼굴이 꽤 늘어났거든?』

──머릿속에 미아의 말이 스쳐 지나갔다.

레이 본인도 자각은 있었던 모양이다.

"……딱히 은혜라고 느낄 필요는 없어. 나한테도 이득이 있고,

게다가…… 최근에는 꽤 즐겁기도 해."

"기뻐. 린타로에게 너무 폐가 되는 건 아닌지 좀 걱정했거든."

"폐라고 느꼈다면 진작에 관계 끊었지. 나는 그렇게 친절한 인간이 아니야."

"린타로는 충분히 친절해. ……고마워."

"됐어. 민망하게."

나는 어디까지나 내가 중요하다.

남을 위해 노력할 수 있는 인간을 동경하긴 해도, 그런 인종은 될 수 없다.

레이에게서 제대로 대가를 받으니까 나도 일하는 거다.

그러니 새삼 고맙단 말을 들어봤자…… 그, 민망하다.

나는 도리질해서 감정을 일단 리셋했다.

"……뭐 고민 있어?"

나는 그녀와 마찬가지로 부도칸을 올려다보며 그렇게 물어보았다.

"——왜 그렇게 생각해?"

"그냥. 그야말로 평소와 표정이 달라서."

이곳에 선 뒤로 레이의 표정은 어딘가 고뇌하는 것처럼 보였다. 착각은 아니었던 모양이다.

"내가 어떻게 할 수 있는 일이야?"

"……으으응. 아마 못 해."

"그러냐. 그럼 경솔하게 물어보진 않을게."

내가 어떻게 할 수 없는 일이라면 분명 모르는 게 낫다.

서로 속앓이할 미래가 보인다.

세상이란 무슨 일이든 끼어든다고 해결할 수 있는 게 아니다.

나는 내가 할 수 있는 일밖에 못 하니까.

"린타로, 앞으로도 따라와 줄래?"

"네가 버리지 않는 한 나는 오토사키 레이를 따라갈 거다. 지금은 너에게 내가 만든 요리를 먹이는 게 즐거움 중 하나거든."

"……응."

레이는 아주 조금 개운해진 표정을 지으며 고개를 들었다.

내 말이 무언가 도움이 되었다면 그건 순수하게 기쁘다.

"음…… 만족했어. 린타로. 돌아가자."

"그러냐. 좋아, 그럼 돌아갈까."

우리는 다시 택시를 잡아 왔던 길을 돌아갔다.

앞으로도——, 라.

대체 나는 언제까지 레이 옆에 있을 수 있을까.

그녀가 아이돌에서 은퇴할 때까지.

그녀에게 애인이 생길 때까지.

그녀와 내 관계가 세간에 발각될 때까지.

이 세상에 영원은 없다.

피가 이어진 가족에게조차 버려졌던 나는 그 사실을 징그러울 정도로 잘 알고 있었다.

레이와 데이트한 뒤로 벌써 일주일이 지났다.

밀피유 스타즈 세 명은 라이브까지 삼 주도 남지 않게 되자 최근에는 평소보다 더 바쁘게 일하고 있다.

반면 나는 코앞으로 닥친, 개인적으로 싫어하는 이벤트 때문에 조금 우울한 기분에 잠겨 있었다.

"……어쩐다."

소파에 늘어지듯 앉아 한 장의 프린트를 눈앞에서 흔들었다.

학교에서 배부한 이 프린트에는 '삼자대면 공지'라고 적혀 있었다.

이름 그대로, 부모님과 교사와 학생 셋이서 성적이나 학교에서의 생활 태도, 진로에 대해 이야기한다.

자 그럼, 여기서 문제가 하나.

나한테는 삼자대면에 와 줄 법한 부모가 없다.

어머니는 어디에 있는지도 모르고, 아버지는 일하느라 바쁘다.

애초에 반쯤 가출하듯 아버지의 집에서 뛰쳐나왔으니 이제 와서 삼자대면에 와 달라고 부탁하긴 어려웠다.

아니, 솔직히 오는 게 싫다.

적어도 나는 아버지를 미워하고, 아버지도 가업을 이어받지 않은 나를 용서하지 않을 테지.

"또 우리 반에서 나만 혼자려나. 그러거나 말거나."

'삼자대면 공지'를 접어 쓰레기통에 던졌다.

부모님의 형편이 안 맞는 학생은 교사와 일대일로 상담하게 된다.

우리 학교에서는 1학기가 끝나려는 이 시기에 매년 삼자대면을 치른다.

당연하게도 작년엔 나 혼자 참석했다. 그리고 아마 내년에도.

우울한 기분을 질질 끌면서 스마트폰의 화면을 켰다.

시각은 오후 11시. 슬슬 자야 하는 시각이다.

레이는 방송 뒤풀이인지 뭔지로 밥을 먹고 왔다고 해서 오늘은 학교 밖에선 얼굴도 보지 못했다.

그건 그거대로 페이스가 흐트러지는 원인이 된 거겠지.

지금까지 둘이서 보내는 시간이 많았던 탓에 혼자 있으려니 갑자기 태만해진다.

'정신 차려야지……, 응?'

이제 그만 자려고 소파에서 일어난 그때. 들고 있던 스마트폰이 떨리면서 애플리케이션에 메시지가 도착했다는 걸 알려주었다.

표시된 이름은 '히도리 카논'.

별생각 없이 스마트폰의 잠금을 풀고 메시지의 내용을 읽었다.

『너 지금 베란다에 나올 수 있어?』

『상관은 없는데.』

이런 늦은 밤에 무슨 일이지.

참고로 설명을 깜빡했는데, 이 맨션에서 우리들의 집 배치는 '나', '카논', '레이', '미아' 순서이다.

즉 내가 베란다로 나오면——.

"오, 왔네."

이렇게 옆집 베란다에 있는 그녀와 대화할 수 있다.

"갑자기 뭐야? 이제 자려던 참이었는데."

"뭐 어때. 이렇게 예쁜 여자애와 밤늦게 대화할 수 있잖아?"

"……관심 없어."

"너 그러고도 남자야?!"

아니, 나도 밤에 여자애와 둘이서 대화하는 청춘 시추에이션을 동경하지 않는 건 아니지만 상대가 카논이면 내키지 않을 뿐이었다.

으음, 이것도 어폐가 있군.

카논은 미소녀다.

레이와 미아 옆에 있어도 뒤처지지 않을 만큼 꽹장한 미소녀.

다만 얼굴이 예쁘기만 하면 두근거리는 건 아니라서, 뭐라고 해야 하나, 그── 어렵네.

"으음……. 아, 그래. 너와는 남녀 간의 무드 같은 게 만들어지지 않으니까 편하게 대할 수 있어."

"그게 맞긴 한데 뭔가 되게 열받아!"

레이나 미아는 가끔 남자 고등학생 상대로는 과분할 정도의 '여자'를 드러낸다.

하지만 카논은 그걸 의도적으로 자제하는 건지 오랫동안 알고 지낸 친구처럼 편안한 분위기를 조성한다.

"뭐 괜찮잖아. 아무튼, 나를 왜 부른 거야?"

"괜찮지 않지만…… 하아, 그냥. 왠지 대화하고 싶어졌던 것뿐이야."

"너 말이다, 의도적으로 남자를 착각하게 만드는 화법을 쓰고 있지 않냐?"

"넌 착각 안 하잖아? 나는 레이와 다르게 남자를 후리지 않거든."

레이도 딱히 그럴 의도가 있어서 남자를 착각하게 만드는 건 아니라고 보지만──.

"너 레이와 데이트했지?"

"응? 어, 뭐. 아는 사람에게 수족관 티켓을 받아서, 모처럼 받았으니까…… 하고 같이 갔어."

"그로부터 일주일이 지났는데 걔 계속 그 이야기만 해대. 어지간히 재밌었나 봐."

"……그러냐. 다행이네."

내가 없는 장소에서도 재밌었다고 말할 정도라면 분명 거짓 없이 솔직한 감정이겠지.

첫 데이트를 바친 몸으로서는 역시 안심한다.

"……그래서 너네 진도 어디까지 나갔어?"

"헛소리는. 나가고 말고 할 것도 없어."

"에이, 레이는 꽤 **그럴 생각**이었던 것 같은데."

────확실히 막연하게 그런 기척은 느꼈었다.

단순히 연애적인 호감과는 또 다른 듯한, 그런 감각이다.

특별한 감정을 품고 있다는 건 틀림없지만, 나는 그렇게 된 계기로 짐작 가는 게 없었다.

"……뭐, 사귄다면 절대 들키지 마. 너희 때문에 일감이 날아가는 건 사양이거든."

"그럴 일 없으니까 안심해. 나도 너희의 꿈을 지키고 싶어."

레이에게도 거듭 말한 것이지만, 나 때문에 밀피유 스타즈의 경력에 흠집이 생겼다간 분명 평생 후회하면서 살게 될 것이다.

그래서 설령 레이가 나를 좋아하든, 내가 그녀를 좋아하든 연애할 마음은 없다.

"하지만 만약 알몸으로 들이대기라도 하면 아무리 그래도 흔들리지 않을까~?"

"그야 그렇겠지. 날 뭐라고 생각하는 건지 모르지만, 평범한 남자 고등학생이라고."

"아니, 거기선 흔들리지 말아야지."

"여자가 알몸으로 들이대기까지 했는데 창피하게 만들 수는 없잖아."

"……혹시 린타로는 경험이 꽤 풍부하다거나?"

"모태 솔로인 동정입니다."

"어?! 그럼 지금 그건 허세 부린 거야?!"

둘이서 서로를 쳐다보고는, 지금 오간 대화에 킬킬 웃었다.

이러니저러니 해도 카논과도 친해졌다. 분위기는 완전히 다른데도 어딘가 유키오와 같이 있는 시간을 떠올리게 한다.

"──뭐 아무튼. 다시 물어보겠는데, 왜 나한테 메시지를 보낸 거야?"

"말했잖아. 그냥 대화하고 싶었다고."

"그런 거라면 날 선택할 필요는 없잖아. 레이는…… 뭐 자고 있을지도 모르지만, 미아라면 아직 일어나 있을 텐데."

"……너 바람 같은 건 한방에 알아채는 타입이지?"

"당연하지. 괜히 학교에서 애들 눈치만 보면서 살지 않았다고."

"꼴불견……."

카논은 한 번 고개를 숙였다가 쓴웃음을 지으며 나를 보았다.

"저기, 역시 그쪽으로 가도 돼?"

"……어쩔 수 없지. 커피 정도라면 타 주마."

카논이 집 안으로 돌아간 걸 확인한 뒤 나도 일단 안으로 들어 왔다.

저 녀석 입맛은 커피 크림 많이, 설탕 조금이었던가——.

이윽고 현관문을 열고 들어온 카논을 소파에 앉힌 뒤 그 앞에 방금 막 탄 커피를 내려놨다.

"고마워……. 너 진짜 배려심 좋다. 입맛 딱 맞췄잖아."

"나는 전업주부가 목표거든. 이 정도도 못 하면 안 되지."

"아니, 보통 이렇게까지는 안 할걸……?"

나도 나를 위해 탄 커피를 마시며 그녀 옆에 앉았다.

새삼 보니 상당히 무방비한 옷차림이구나…….

조금 사이즈가 큰 분홍색 티셔츠에, 반바지 아래로 잡티 하나 없는 허벅지가 노출되어 있다. 평소엔 묶고 다니는 머리카락도 풀어 내려서 여느 때보다 더 성숙해 보였다.

"뭐야? 이렇게 단둘이 있으니까 넋이 나갈 것 같아?"

"음, 뭐. 왠지 평소보다 어른스러워서 카논이 아닌 것 같아."

"……나한테도 그럴 때 정도는 있다고."

카논은 조금 쑥스러워하는 걸 숨기듯이 머그컵에 입을 댔다.

"다음 라이브에 조금 압박감을 느끼고 있거든."

"뭐……?"

"지금 새삼? 이라고 생각했지? 그래. 새삼스럽지."

그녀는 나와 시선을 맞추지 않았다.

농담이 아니라 더욱 얼굴을 보며 이야기하기 어려운 거겠지.

"말한 적 없지만, 우리 집은 부동산업자일 뿐 아주 평범해. 레이는 부잣집이고, 미아도 사실은 어머니가 유명한 배우거든. 나와는 출생도 성장 과정도 전혀 달라."

"그랬구나……."

"두 사람 다 황당할 정도로 고스펙이잖아? 아쉽게도 가끔 나는 따라가지 못할 때가 있어."

아무렇지도 않다는 듯이 말하면서도 말 구석구석에서 속상함이 묻어났다.

같은 처지가 아닌 나조차 카논의 그 감정을 이해하고 말았다.

그 녀석들── 특히 가까이 있다 보니 뚜렷하게 느껴지는 건 레이 쪽이지만, 그녀는 틀림없는 괴물이다.

정신적인 측면부터 몸 구조까지, 도저히 보통 사람 같지 않다.

"그렇다고 해도 내가 보면 너도 상당한 고스펙인데."

"그야 그렇겠지. 퍼펙트 미소녀니까."

"자신감이 있는 건지 없는 건지 하나만 해……."

"있지만, 없어. 두 사람의 발목을 잡지 않으려고 필사적으로 노력해서 어떻게든 따라잡고 있으니까. 하지만 가끔…… 지쳐."

"……그러냐."

왜 나한테 온 건지 이제야 알았다.

이런 이야기를 본인들에게 할 수 있을 리가.

지금까지는 아무에게도 말하지 않고 혼자서 끌어안았겠지.

"저기, 기대도 돼?"

"안 돼."

"남자라면 여기선 '그래'라고 해야 하지 않아?!"

"내가 어깨를 빌려주는 건 미래의 아내뿐이야. 너도 내 신부가 되고 싶진 않잖아?"

"글쎄다? ……라고 하고 싶은데, 나보다 여자력 높은 남자와 사귀는 건 싫어."

베란다에서 대화하던 때와 마찬가지로 그녀는 킬킬 웃었다.

"네 옆에 있으면 묘하게 안정된단 말이지. 아이돌이라는 걸 잊을 수 있다고 해야 하나."

"본래대로라면 잊으면 안 되는 거 아니야?"

"괜찮아. 가끔은. ──그러니까…… 5분 만이라도 빌려줘."

"……비싸게 받을 거야."

나는 말 없이 소파에 등을 기댔다.

그리고 카논은 그런 내 어깨에 머리를 올렸다.

그녀의 체중은 이사 기념 파티 때 소파에서 침대로 데려갈 때와 똑같이 아주 가벼웠다.

뭐, 평소엔 재잘재잘 시끄러운 새도 가끔은 쉬고 싶어질 때가 있는 거겠지.

그 짧은 휴식을 위한 나무가 되는 것 정도라면 괜찮은 것 같다.

"네 어깨 상당히 딱딱하다……."

"미안하다. 다음엔 쿠션이라도 받쳐놓을게."

"그럼 어깨를 빌리는 의미가 없잖아. 이게 좋은 거라고. 이 단단함이."

실내에는 조용한 시간이 흘렀다.

대화는 없다. 카논이 원하는 건 그런 게 아니다.

전업주부여, 상대방이 원하는 것을 헤아리고 실천해줄지어다.

그러는 사이에 약속 시각은 생각했던 것보다 빨리 찾아왔다.

"──5분은 의외로 짧구나."

카논의 머리가 떨어졌다.

나는 조금 뻐근해진 어깨를 돌리며 그녀의 얼굴을 보았다.

"아까보다 얼굴이 좀 폈네."

"그래? 뭐, 확실히 기분은 좋아졌어."

카논은 기지개를 켜서 소파에서 일어났다.

이 집에 왔을 때의 독특한 어두움은 어디론가 사라지고 평소와 같은 그녀가 거기 있었다.

"저기, 또 이렇게 어깨 빌려줄래?"

"다음부턴 돈 받을 거다."

"너무 구두쇠 아니야?"

"농담이야. 5분 만이라면 언제든지. 내가 용서할 수 있는 아슬아슬한 범위거든."

"네 정의도 잘 이해가 안 가……. 그럼 또 지쳤을 때 올게. 오늘은 그…… 고마워."

그렇게 말한 뒤 카논은 현관으로 향했다.

나는 무심코 그 등을 향해 말을 걸었다.

"카논, ……힘내."

"……너도 참 서툴구나. 그런 말 안 해도 한계까지 할 거야."

그녀는 손을 살랑살랑 흔들며 현관을 나섰다.

저 녀석의 고민을 듣고 나니 내 삼자대면 고민 같은 건 사소해 보였다.

남은 커피를 비운 뒤 빈 머그컵을 손가락으로 덜렁덜렁 흔들었다.

"하아, 바보 같아. 죽는 것도 아니고."

삼자대면이 일대일이 되거나 말거나 앞으로 인생에 지장이 생기는 것도 아니다.

편하게 가자. 인생은 그 정도가 딱이다.

어느새 시각은 자정이 넘었다.

나는 카논이 먹은 머그컵을 들고 싱크대로 가져갔다.

오늘은 이만 자자.

며칠 뒤 방과 후.

드디어 삼자대면 당일이 찾아왔다.

나는 복도에 놓인 의자에 앉아 앞 순서의 면담이 끝나기를 기다렸다.

부모님을 데려오지 않는 나는 다른 애들에 비해 일정을 조율하기 쉬워서 때문에 비교적 뒤 순서가 되었다.

"어라? 내 앞이 시도였구나."

스마트폰을 만지작거리며 기다리고 있었더니 불쑥 그런 목소리가 들렸다.

고개를 들자 그곳에는 변함없이 반반한 얼굴이 서 있었다.

"아, 카키하라······."

"유스케라고 불러. 벌써 같은 반이 된 지도 석 달 가까이 지났으니까."

그는 그렇게 말하며 내 옆 의자에 앉았다.

이름으로 부를 만큼 친한 사이가 된 기억은 없지만, 여기서 거부하는 것도 보기 안 좋겠지.

나는 웃는 가면을 쓰며 고개를 끄덕였다.

"그럼 나도 린타로라고 불러줘."

"그래? 그럼 사양하지 않고 그렇게 부를게. ······린타로도 부모님이 오지 못한 거야?"

"응, 그런데····· 유스케도 이 시간에 면담한다는 건──."

"맞아. 우리 부모님은 둘 다 해외에서 일하시거든. 어머니는 디자이너고 아버지는 벤처 기업을 경영하셔. 그래서 일본에 쉽게 돌아오지 못하지."

──말도 안 되게 호화로운 가족이잖아.

"그렇다면 혹시 유스케는 혼자 사는 거야?"

"응? 응, 그렇지. 고등학교에 입학한 뒤로. 중학생 때까지는 어머니가 아직 일본에 있었거든."

"그렇구나. 힘들지 않아?"

"그런 식으로 말하는 사람은 린타로 뿐이야. 다들 혼자 살다니 부럽다고 하거든. 사실 좋은 일만 있는 것도 아닌데."

그야 나도 혼자 사니까 어떤 고충이 있는지 알고 말고요.

머릿속의 내가 팔짱을 끼며 고개를 주억거렸다.

"저, 저기…… 린타로."

갑자기 카키하라가 머뭇거리면서 시선을 배회하기 시작했다.

뭔가 하고 싶은 말이 있는데 부끄러워서 입이 떨어지지 않는…… 그런 분위기.

"……무슨 일 있어?"

"어, 그, 그게…… 조금 상담하고 싶은 게 있는데."

"상담?"

"그…… 연애, 상담…… 이거든."

왜 나냐고 물어보고 싶었지만 나는 입을 다물었다.

"연애? 과연 내가 상담해줄 수 있을까."

"린타로는 이미 여자친구 있잖아? 부탁이야, 지금 기다리는 동안만이라도."

"어, 어어…… 그래. 그랬지."

위험해라. 여자친구가 없다는 걸 전제로 이야기할 뻔했다.

속였다는 죄책감도 있으니 이야기 정도는 들어줘도 괜찮겠지. 귀찮지만.

"도움이 될지는 잘 모르겠지만, 우선은 들려줄 수 있어?"

"그, 그래……! 그, 그러니까…… 사실, 나는…… 아즈사를 좋아해!"

──응, 알고 있었어.

"1학년 때 같은 위원회라서…… 그때 친해졌는데, 사실은 그 후로 계속 그 녀석을 좋아했거든."

"……그렇구나."

'사실은'이라고 할 수준은 아니라고 보는데.

즉 본인에게는 그렇게 노골적으로 태도가 다르다는 자각이 없다는 소리다.

의외로 스스로를 돌아보는 일은 적으니까 이해하지 못할 건 아니다.

그저 잘 숨기고 있다고 생각하는 게 조금 웃길 뿐.

"하지만 아즈사는 아마 나를 친한 친구로밖에 보지 않아. 그래서 남자로서 의식하게 하려면 어떻게 해야 할지……."

"으음……."

뭐야, 엄청 어렵잖아.

실제로는 여자친구가 존재하지 않는 나에게 이 상담은 짐이 너무 무겁다.

"멋있는 모습을 보여준다거나?"

"그건…… 하고 있다고 생각해."

그건 그렇지.

카키하라보다 더 인기 많은 남자를 모르고, 어떤 때에도 반 아이들의 선두에 서 있는 이 녀석이 멋있지 않을 리가 없다.

"그럼── 대놓고 데이트를 신청하는 건 어때?"

"그, 그건…… 너무 긴장되는데."

"지금까지 나는 유스케가 니카이도를 포함해서 늘 셋이 같이 다니는 모습밖에 못 봤으니까, 단둘이 놀러 가는 일은 별로 없었던 게 아닌가 하거든."

"……놀랐어, 맞아. 류지와 둘이서 놀러 가는 일은 있어도, 여자애와 단둘이 놀러 간 적은 없어."

"그럼 그게 의식하게 할 기회가 아닐까? 이쪽에서 의식한다는 자세를 보이지 않으면 애초에 연애 분위기는 만들어지지 않을 거야."

"하긴……."

내 (날조) 어드바이스를 카키하라가 진지한 표정으로 듣고 있다.

참고로 이 전법은 조금 치사한 수단이기도 하다.

예를 들어, 둘이서만 놀러 가자는 제안을 거절당하면 아예 가망이 없다는 뜻이다.

따라서 이 시점에서 포기할 수 있다.

고백한 것도 아니니까 타격도 적다.

만약 데이트에 성공했다면 조금은 가능성이 있다는 소리다.

하지만 그게 착각인 경우도 다수 존재하니 여기서 조급해하면 안 된다.

우선 상대방을 여성으로 의식하고 있다고 어필한다.

그걸 상대방이 불편해한다면 그 시점에서 애인이 되는 건 절망적이다. 포기할 수밖에 없다.

뭐 이게 내가 적당히 고안한 이론이다.

"데이트 신청이라—— 고마워, 린타로. 도전해볼게."

"도움이 되었다면 다행이야. 힘내, 유스케."

옆에서 봐도 두 사람은 잘 어울리는 한 쌍이기도 하니 순수하게 맺어지면 좋겠다고도 생각한다.

게다가 몇 분 정도이긴 해도 상담에 시간을 소모했으니 맺어지지 못하면 손해 본 기분이다.

부디 성공해라. 내 몇 분을 위해.

"——실례했습니다."

드르륵 문이 열리는 소리가 들리며 앞 순서였던 애가 교실에서 나왔다.

마침 타이밍 좋고.

"내 차례인가 봐. 그럼 유스케."

"그래, 정말 고마워. 린타로."

"친구의 고민인걸, 당연하지."

나는 카키하라에게 손을 흔들어준 뒤 교실로 들어갔다.

하아……. 힘들다.

◇ ◆ ◇

"어디 보자, 시도 린타로. 뭐, 단독 면담이 되었으니까 우선은 편하게 잘 부탁해."

"네. 잘 부탁드립니다."

책상을 사이에 두고 눈앞에 앉은 젊은 여성—— 하루카와 유리 선생님을 향해 머리를 숙였다.

그녀가 바로 우리 반의 담임이자 남학생 인기 넘버원을 자랑하는 미녀 교사이기도 하다.

"그래서 네 진로 말인데…… 정해놓은 거 있어?"

"음, 그게요. 우선은 대학에 간다는 건 정해놓았습니다. 하고 싶은 일은 아직 찾지 못했지만요."

"이해해. 고2면 대부분 그렇지. 솔직히 진짜는 3학년 때부터니까, 지금은 그 정도의 감각이어도 충분하다고 봐."

말이 통하는 사람이다.

그녀는 미인이라는 이유 말고도, 학생들의 마음을 남들보다 더 잘 헤아려준다는 부분에서 인기가 많다.

더불어 너무 불성실한 느낌도 안 들도록 완급을 조절하기 때문에 상당히 이상적인 교사상이라고 할 수 있다.

"시도는 성적도 좋고, 공부는 꽤 열심히 하는 타입이지."

"그렇죠. 혼자 사는 조건으로 아버지가 좋은 성적을 유지하라고 하셨거든요."

이건 사실이다.

그 아버지라고 해도 자식이 혼자 사는 건 걱정됐던 건지 헤어질 때 그런 조건을 꺼냈었다.

뭐, 실제로는 본인의 우수한 유전자를 이어받은 아들이 어설픈 성적을 받는 걸 용납하지 못했던 것뿐일지도 모르지만.

"독립이라……. 고등학생의 신분으로는 힘들지? 밥은 잘 먹고 있어?"

"어쩐지 어머니 같은 말씀이네요……."

"나도 이제 부모가 될 수 있는 나이인걸. 본가에선 결혼 언제 할 거냐고 한 달에 한 번은 전화가 와서 아주 지긋지긋해."

내 기억에 하루카와 선생님은 올해로 26살. 아마 어른밖에 모르는 고충을 매일 느끼고 있겠지.

으음……. 하지만 아무래도 상관없는 이야기고.

"하지만 피부 상태도 좋고, 문제는 없어 보이네. 나는 벌써 주름 걱정이 태산인데……."

"아하하."

응, 이 이야기 진짜 너무 상관없다.

"어디 보자, 그리고…… 아, 맞아! 시도는 가고 싶은 대학 있어?"

"으음…… 가능하면 국립대의 문과 계열을 지망하고 있는데요."

진학교에 한 발을 걸치고 있는 우리 학교라면 편차치가 높은 국공립 대학이라고 해도 현실적으로 목표로 삼을 만하다.

"그래. 네 성적이라면 노릴 수 있는 범위는 넓겠지. 편차치를 올리고 싶다면 3학년 때 상당히 노력해야 할지도 모르지만."

"그건 이해하고 있습니다."

"그럼 문제없고. 혼자 살 정도라 그런가 야무지네."

하루카와 선생님은 파일에 내 정보를 적은 뒤 그걸 탁 덮었다.

"자, 그럼 면담 끝. 조심해서 돌아가."

"감사합니다. 실례했습니다."

"아! 나갈 때 밖에서 기다리는 카키하라 불러줘!"

"알겠습니다."

순탄하게 끝난 걸 감사하며 나는 교실에서 나왔다.

그걸 알아차린 카키하라가 고개를 들었기에 교실에 들어가라고 손가락으로 가리켰다.

조금 긴장한 표정이 된 카키하라는 그대로 교실로 들어갔다.

자 그럼, 부활동도 안 하는 내가 이 이상 학교에 있을 의미는 없다.

가방을 고쳐 매고 교문을 향해 걸었다.

──그러던 도중.

복도 저편에서 낯익은 금발이 걸어오는 모습이 보였다.

우리의 아이돌, 오토사키 레이다.

그리고 그 옆에는 고급스러운 정장을 차려입은 장신의 흑발 남자가 나란히 걷고 있었다.

머리에 욱신거리는 통증이 느껴지며 떠올리지 않으려고 했던 어린 시절의 기억이 불쑥 되살아났다.

그래, 저 남자는 어딘가에서──.

"아…… 린타로."

나를 알아차린 레이가 그렇게 중얼거렸다.

그러자 옆에 있던 남성의 눈썹이 움찔거리더니 나에게 시선을 보냈다.

"어라? 오토사키잖아……. 삼자면담 오늘이었던 거야?"

"어? 아, 응, 맞아. 카키하라 다음이야."

레이 녀석, 가식 모드에 들어간 날 보고 순간 당황했군.

"음, 너는 레이와 같은 반 학생이니?"

"네. 시도 린타로라고 합니다."

"……시도?"

남성은 내 이름을 듣자마자 턱에 손을 대며 생각에 잠겼다.

그런 그를 방해한 건 옆에 서 있던 레이였다.

"아버지, 빨리 교실 앞으로 가야 해."

아버지── 그래, 이 사람이 레이의 아버지구나.

머리카락 색은 다르지만 반듯한 이목구비는 어딘가 레이에게 유전된 것 같은 느낌이 든다.

"아아, 회사에서 나오는 게 조금 늦어지고 말았지. 미안하다, 시도. 인사도 제대로 못 하고."

"아뇨, 신경 쓰지 마세요."

"그래, 그럼 실례할게."

바빠 보이는 사람이다.

레이와 그 아버지는 내 옆을 지나쳐 하루카와 선생님이 기다리는 교실로 향했다.

이 이상 쳐다봐봤자 의미 없지.

나도 그들에게 등을 돌리고 다시 걷기 시작했다.

"——저기, 시도."

갑작스러운 부름에 나는 무심코 돌아보았다.

"전에 어디서 만난 적이 없니?"

"……착각이 아닐까요?"

"……그래? 미안하다, 이상한 걸 물었구나."

마지막으로 그렇게 말하고는 두 사람은 복도를 꺾어 사라졌다.

심장이 경종을 쳤다.

머릿속에 맥락 없는 불쾌한 감정이 휘돌며 식은땀이 맺혔다.

이윽고 떠오르는 건 어머니와 아버지의 얼굴.

"젠장……. 최악의 기분이야."

나는 아무도 없는 복도에서 욕을 뱉은 뒤 불쾌한 감정을 털어
내기 위해 발을 뗐다.

나는 시끌시끌 소란스러운 파티 회장에 서 있었다.

아, 또 이 꿈인가——.

그렇게 생각하며 지난번과 같은 광경을 그저 바라보았다.

아버지들간의 대화.

나와 소녀의 작은 장난.

그게 끝나면 이 꿈은 끝났다.

그리고 의식이 각성할 무렵에는 다시 잊어버린다.

"──로───린타로!"

이름을 불린 듯한 느낌에 나는 천천히 눈을 떴다.

가장 먼저 금색 커튼이 보였다. 곧바로 그게 그녀의 머리카락이라는 걸 깨달았다.

"레이……?"

"다녀왔어. 괜찮아?"

"어? 어, 어어…….”

아무래도 귀가하자마자 소파에서 잠들어버렸던 모양이다.

교복을 입은 채로 잠들었기 때문인지 조금 구깃구깃해졌다.

"나중에 다림질해야겠네……. 아, 미안. 지금 몇 시야?"

"오후 7시 정도."

"아…… 미안, 밥 준비 안 했어. 아직 기다릴 수 있어? 우동이나 파스타라도 괜찮다면 만들 수 있는데."

"그럼 우동. 솔직히…… 나도 오늘은 식욕이 별로 없어."

"……그러냐."

레이의 표정은 어딘가 가라앉아 있었다.

삼자대면 때 무슨 일이 있었던 건지도 모르겠네.

"그럼 잠시 기다려줘. 15분 정도면 되니까."

"알았어. 매번 고마워."

"그렇게 하기로 약속했으니까. 신경 쓰지 마."

자리에서 일어나 부엌으로 향했다.

냉동 우동을 두 개 꺼내 삶아서 해동하며 우동 소스를 베이스로 국물을 만들었다.

살짝 구운 대파와 유부를 올려서 일단 완성.

소파에 앉은 레이의 눈앞에 그릇을 내려놓고 젓가락을 놓았다.

"다 됐어."

"아주 좋은 냄새."

"만약 부족하면 말해. 우동은 더 있으니까."

"알았어. 잘 먹겠습니다."

나도 그녀 옆에 앉아 그릇을 들고 우동을 먹었다.

음, 차분해지는 맛이다.

파는 적당히 향긋하고 유부도 한 입 깨물 때마다 국물이 주르륵 흘러나왔다.

맛있다고 호들갑을 떨 정도는 아니지만, 따스한 맛 덕분에 조금씩 마음이 차분함을 되찾았다.

식사를 마친 우리는 소파에 앉아 TV를 보기 시작했다.

딱히 보고 싶은 방송이 있었던 건 아니다.

그냥 없으면 허전하니까 적당히 켜놨을 뿐이다.

화면 속에는 스튜디오의 분위기를 한껏 띄우고 있는 젊은 예능인이 나왔다.

이 사람 요즘 자주 보네── 그런 생각을 하며 레이의 얼굴을 힐끗 곁눈질로 확인했다.

"식욕이 없는 건…… 지난번에 말했던 고민과 관련이 있어?"

"응……. 어떻게 알았어?"

"그냥 감이야. 하지만 네가 심각하게 고민하는 건 거의 본 적이 없으니까 그런 게 아닐까 했지."

"……정답."

한숨이 흘러나왔다.

그런 거라면 내가 어떻게 할 수 있는 이야기가 아니다.

레이는 데이트 날, 내가 도와주는 건 불가능하다고 딱 잘라 말했었으니까.

"아버지가 다음 라이브를 보러 와."

"……흐응."

"아버지는 내 아이돌 활동을 내내 반대했어. 할 수 있다면 그만두게 하고 싶다고 계속 그랬지."

레이는 고개를 숙이고 허벅지 위에서 깍지를 꼈다.

지금 이야기를 듣고 내 안에서 한 가지 의문이 떠올랐다.

"딸이 혼자 사는 걸 허락하는 사람이 아이돌 활동은 반대한다고……? 보통은 그쪽을 먼저 막을 거라고 보는데."

"아이돌로 활동하는 동안은 여러 방면에서 자유롭게 풀어준다는 계약."

"계약……?"

도저히 부모자식 사이에 나올 법한 단어가 아닌 느낌이 들었지만, 말하는 걸로 보아 그렇게 형용할 수밖에 없는 약속이었던 거겠지.

"계약 내용은 두 개. 먼저 1년 내로 날 스카우트해준 사무소에서 메이저 데뷔할 것. 그리고 2년 내로 부모님이 라이브를 보러올 테니까 그 타이밍에 완벽한 공연을 보여줄 것. 이걸 충족한다면 내 활동에 간섭하지 않는다고."

"……요컨대 안심시켜달라는 건가."

"응……. 하지만 이번 라이브에서 내가 실수해서 망친다면 계약은 결렬. 분명 아이돌 활동도 허락해주지 않게 될 거야. 그러면 다시는 꿈을 꿀 수 없게 될지도 몰라. 그렇게 되는 게…… 너무 무서워."

레이는 카논과는 또 다른 압박감을 느끼고 있었던 모양이다.

이렇게 말하는 건 조금 그렇지만, 아이돌 활동을 반대하는 아버지의 마음은 좀 이해가 간다.

아이돌은 위험한 범죄에 휘말릴 가능성도 크고, 요즘 세상에선 근거 없는 소문이 퍼져서 인생이 끝장나는 일도 있다.

그런 업계에서 살아가는 딸을 걱정하지 않을 리가 없다.

"지금까지 한 라이브에도 압박감은 크게 느꼈어. 하지만 이번은 정도가 달라. 눈앞에서 아버지가 본다고 생각하면…… 앞으로의 인생이 달렸다고 생각하면 아직 2주 가까이 기간이 있는데…… 긴장돼."

"실수…… 할 수 없으니까."

내 말에 레이는 힘없이 고개를 끄덕였다.

확실히 이런 문제는 내가 어떻게 할 수 없다.

해결하려면 레이가 이 압박감을 극복해서 라이브를 성공시킬 수밖에 없다.

"나는 그런 압박감을 느끼는 상황을 잘 모르지만…… 여느 때의 레이라면 실수하진 않을 거야."

"여느 때의 나……."

"뭐, 그게 어렵다는 건 알지만. 내가 할 수 있는 거라곤 하다못해 네 일상 정도는 평소처럼 유지해주는 것뿐이지."

차려주는 식사나 대하는 태도. 그 모든 것에 특별한 의미를 부여하지 않는다.

적어도 생활 방면에서라도 압박감을 느끼지 않을 수 있도록.

아무리 노력해도 내가 할 수 있는 건 그 정도다.

"아냐. 충분해. 결국은 스스로 어떻게든 해야 한다는 건 내가 제일 잘 아니까. 하지만 그렇게 신경 써주는 것만으로도 정말 기뻐."

"……그러냐."

그럴싸한 말은 무엇 하나 떠오르지 않았다.

라이브까지 앞으로 2주.

나는 그저 밀피유 스타즈의 2주년 라이브가 성공하길 기도할 수밖에 없다.

레이가 자기 집으로 돌아가고, 시각은 밤 11시 반.

내일은 토요일이라서 쉬는 날이니 일찍 자야 한다고 마음이 급해지진 않았다.

다만 오후부터는 다시 유즈키 선생님을 찾아가 단행본에 들어갈 단편 작업을 거들어야 하니까──.

"내가 할 수 있는 일이라."

교복을 다림질하며 그런 말을 중얼거렸다.

어릴 때는 TV 속에서 활약하는 히어로처럼 뭐든 할 수 있을 것 같았다.

만능감이라고 하나.

하지만 지금 나한테 말하라면, 그런 건 옛날에 사라졌다.

현실을 알고 한계를 알았다.

카논의 고민도, 카키하라의 고민도, 레이의 고민도 전부 내가 감당할 수 없는 것들.

그리고 내 고민 또한 그 애들은 어떻게 할 수 없는 것이다.

그럴 때는 끼어드는 게 좋은 일이 아니다.

끼어들었다가 해결하지 못하면 분명 서로가 고통스러워질 뿐이다.

"……하아."

커다란 한숨이 하나 입 밖으로 튀어 나갔다.

그와 동시에 스마트폰 화면에 메시지 알림이 떴다.

어쩐지 기시감을 느끼며 확인해보자 거기에는 '우가와 미아'라는 이름이 있었다.

『지금부터 그쪽에 실례할 수 있을까? 잠시 대화하고 싶은데.』

정말로 기시감이었다──.

나는 메시지를 직접 읽고 화면을 밀어서 대답을 적었다.

카논 때는 받아들여 놓고 미아는 밀어낼 수는 없었다.

『알았어. 현관문 열어놓을게.』

『고마워. 바로 갈게.』

몇십 초도 지나지 않아 그런 답장이 오자 메시지 애플리케이션의 대화는 종료.

나는 현관으로 나가 잠금을 풀었다.

그 길로 부엌으로 돌아가 카논 때와 마찬가지로 커피를 타기 시작했다.

입맛은 나와 마찬가지로 블랙이었지?

역시 미아에겐 막연히 친근감이 느껴진다니까…….

얼마 지나지 않아 철컥 문이 열리는 소리가 나더니 미아가 거실에 나타났다.

"안녕, 늦은 시각에 미안해."

"내일은 쉬는 날이니까 상관없어. 그보다 커피는 블랙 맞지?"

"응. 그대로가 제일 좋아."

소파에 앉으라고 권한 뒤 눈앞에 커피를 내려놓았다.

'잘 마시겠습니다'라고 인사한 그녀가 머그컵에 입을 댔다.

"정말로 맛있게 타네, 너는."

"원래 커피를 좋아하거든. 그래서 매일 직접 타 마시니까 지금은 요리와 비슷하게 자신 있어."

"꾸준히 하다 보면 실력이 된다고 하지. 나도 직접 탈 수 있게 연습해볼까…….'

미아는 기뻐하며 커피를 마셨다.

좋아해 주는 건 영광이지만, 설마 커피 대담을 위해 온 건 아닐 테고.

"그래서 무슨 일이야? 늦은 시각에 남자 집을 찾아올 정도로 중요한 이야기라도 있어?"

"아, 응…….. 중요한지 아닌지는 모르겠지만."

그녀는 잠시 시선을 배회하며 머그컵을 테이블에 내려놓았다.

"요즘 레이와 카논에게 이상한 점 없어?"

"……무슨 뜻이야?"

"으음, 좀 이해하기 어려웠나. 뭔가 평소와 태도가 다르다거나, 그런 게 보이진 않았어?"

아하, 이 녀석은 고민하는 두 사람의 상태가 신경 쓰여서 이렇게 탐문하러 왔단 거구나.

"사생활을 중시해서 자세하게 말할 수는 없지만, 둘 다 상당히 고민하는 게 있는 것 같더라. 카논은 얼마 전 이 시간대에 대화하고 싶다면서 연락했을 정도로."

"그랬구나. 린타로 인기 많네."

"감사."

"에이, 네 반응은 놀리는 맛이 없다니까. 좀 더 격렬한 리액션을 기대했는데."

"그런 걸 원한다면 그야말로 카논을 찾아가. 그대로 그 녀석의 고민도 물어보고."

"물어볼 필요 없어. 나나 레이에게 열등감을 느낀다거나 하는 거지?"

나도 모르게 커피를 마시려던 손을 멈추고 말았다.

이게 그녀의 말이 맞았다고 증명하는 셈이었다는 걸 깨달았을 때는 이미 늦었다.

"역시나. ……안심해. 딱히 네가 티가 났다거나 그런 게 아니라, 약 1년 전부터 그런 징조가 보였던 것뿐이거든."

"계속 눈치채고 있었단 거냐."

"뭐, 팀메이트 일이니까. 레이도 막연하게 느끼고 있지 않을까."

"그럼 그런 카논의 고민을 어떻게 생각해?"

"딱히, 아무 생각 없어. 아주 시시한 고민인걸."

미아는 더없이 담백하게 카논의 고민을 시시하다고 단언했다.

무심코 말문이 막혀버린 나에게 그녀가 말을 이었다.

"카논은 자기가 생각하는 것보다 재능이 넘치는 애야. 우리를 따라오는 게 고작이라고 느끼고 있을지도 모르지만, 그건 내가 봐도 마찬가지거든. 레이와 카논에게 뒤처지지 않도록, 발목을 잡지 않도록 노력을 소홀히 한 날은 한 번도 없어. ──아마 우리는 다들 같은 고민을 안고 있을 거야."

"……그렇구나. 그런 의미에서 시시하다고."

카논의 고민은 어느 의미 기우라는 소리다.

정말로 멋진 그룹이다.

멤버가 멤버를 얕잡아보는 일도 없고, 옆에서 봤을 때 격차가 나는 것도 아니다.

세 명이니까 좋다. 세 명이어야 한다. 그런 말이 나올 정도의 밸런스.

각자의 매력과 재능이 밀푀유처럼 층층이 겹쳐진다.

따라서 '밀피유 스타즈'란 참으로 잘 어울리는 이름이다.

"알 수 없는 건 레이 쪽이야. 확실히 우리도 라이브를 앞두면 조금 예민해지기도 하지만, 요즘 레이는 평소보다 더 긴장하고 있다고 할까⋯⋯."

그쪽 사정은 못 들은 모양이다.

레이가 이 문제를 딱히 비밀로 하는 기색은 없었다.

나는 불가능하지만, 미아라면 옆에서 그녀의 버팀목이 되어줄지도 모른다──.

"아까 조금 들었어. 다음 라이브에 아버지가 오신대."

"아, 그렇구나. 레이의 아버지는 아이돌 활동을 반대하니까⋯⋯. 압박감을 느끼는 것도 어쩔 수 없나. 지금도 어머니가 아버지를 설득해줘서 계속할 수 있다는 것 같더라."

"흐응⋯⋯."

"뭐, 위험도 많은 일이니까 어쩔 수 없는 부분이긴 해."

미아는 거기서 말을 멈추더니 조금 미지근해진 커피를 한두 모금 마셨다.

그리고는 어딘가 안도한 듯 숨을 내쉬었다.

"고마워, 린타로. 덕분에 고민하던 게 조금 개선되었어."

"천만에. 너도 참 동료애가 강하구나."

"그야 그렇지. 우리는 셋이서 하나. 누군가가 빠지면 밀피유 스타즈는 사라진다──같은 마음가짐으로 임하고 있으니까."

끝에 가선 장난이라도 치듯 밝게 던졌지만, 미아의 이 말은 진심처럼 느껴졌다.

밀피유 스타즈를 가장 생각하는 건 그녀인 건지도 모른다.

"저기, 린타로는 어째서 우리에게 이렇게 잘해주는 거야?"

"어?"

"그야 보통 이런 식으로 친절하게 남의 고민을 들어주진 않잖아. 오랫동안 같이 산 부부라면 모를까, 우리는 기껏해야 한 달도 안 되는 사이잖아? 이야기를 듣는 것만으로도 귀찮지 않나."

"……귀찮다거나, 그런 건 없는데."

내 안의 생각을 정리하기 위해 나도 커피를 한 모금 마셨다.

간신히 정리된 타이밍에 머그컵을 내려놓고 다시 입을 열었다.

"계속 잊고 살았지만…… 나는 어릴 때, 다른 사람을 웃게 해주는 무언가가 되고 싶었어."

"무언가?"

"누군가를 구해줘서 웃게 해주는 영웅이나, 의사나……. 그야말로 웃게 한다는 의미에서 개그맨도 있고. 아무튼 많은 사람의 미소가 보고 싶다는, 간질간질한 꿈이 있었지."

그게 좌절된 건 어머니가 집을 나갔을 때.

내가 지독히 현실적인 사고방식을 하게 된 건 바로 그날이 계기다.

"하지만 초등학교를 졸업하기 전에 그건 무리라는 걸 이해했지. 나한테는 많은 사람을 웃게 해줄 힘이 없었어. 가장 가까이 있던 사람이 괴로워하고 있을 때조차 나는 아무것도 못 했으니까."

"……."

"그래서 무대에 서서 관객을 즐겁게 해주는 너희를 조금 동경했어. 옛날 꿈을 꾸고 있다고 바꿔 말할 수도 있으려나. 그래서 내가 하지 못하는 걸 하는 너희가 존경스러워."

그래서 도움이 되고 싶다.

그렇게 생각했다.

"물론 레이와의 계약이 전제지만. 그게 없었다면 너희를 잘 모르는 채였을 테고, 분명 이렇게까지 존경하진 않았을걸."

"후후, 처음엔 팬이 아니었으니까."

"하핫, 그랬었지."

레이가 판타지스타 예능 스튜디오에 데려간 것이 바로 어제 일처럼 느껴졌다.

미아와 카논과의 관계는 그날부터 시작했다.

"내 힘으로 레이에게—— 밀피유 스타즈에게 도움이 된다면 옛날의 내가 조금은 보답받을지도 몰라. 그런 생각이 들었어."

"……그렇구나. 잘 이해했어."

미아는 남은 커피를 비운 뒤 일어났다.

"커피가 식을 때까지 오래 있어서 미안해. 나는 슬슬 돌아갈게."

"그러냐? 조금은 고민이 개선된 것 같아 다행이네."

장마철이라 그런가 고민하는 사람이 많은 것 같은 인상이다.

사실은 레이의 고민을 가장 도와주고 싶었지만, 인생은 그렇게 쉽지 않다.

"아, 그래. 마지막으로 말해두고 싶은 게 있는데."

"응······?"

"너도 충분히 누군가를 웃게 해주고 있어. 레이나 카논······ 그 야말로, 이 나도."

그녀는 장난기 어린 미소를 짓고는 나에게 등을 돌렸다.

"그럼 갈게, 린타로."

"윽······! 미아! 그······ 고마워."

"후후, 천만에."

잘 자──.

그 말을 남기고 미아는 내 집을 뒤로했다.

혼자 남은 나는 힘이 빠져서 천장을 올려다보았다.

마음이 밝아진 듯한, 구원받은 듯한, 그런 감각에 휩싸였다.

하지만 유일하게 마음에 걸리는 것. 그건 역시 레이 일이었다.

"도울 수 있는 건 아무것도 없지······."

안다. 가족 일에까지 끼어들 만한 관계가 아니라는 것쯤은.

외부인이 무슨 소릴 해봤자 상대방에겐 들어줄 의무가 없으니까.

그래도. 그렇다고 해도.

정말 그걸로 괜찮은 거냐고, 그저 막연한 의문이 내 안에 맴돌기 시작했다.

무언가 할 수 있는 일이 더 있는 것 같은 느낌이 든다.

——결국 레이를 위해 할 수 있는 일은 무엇 하나 떠오르지 않 았다.

여느 때처럼 밥을 차리고 함께 쉬면서 TV를 봤다.

내가 할 수 있는 일은 아무것도 변하지 않았는데 그녀의 분위 기는 점점 딱딱해져 간다.

그건 미아도 카논도 마찬가지였다.

가까이 서기만 해도 피부가 따끔거릴 정도로 세 사람은 라이브 를 앞두고 마음을 가다듬기 시작했다.

'마치 시합을 앞둔 복서 같네…….'

내 집에서 내가 탄 커피를 마시며 레이는 이글거리는 눈으로 TV 화면을 가만히 응시했다.

화면에 나오는 건 아마 오늘 찍은 듯한 스튜디오 리허설 영상.

나에게 보여줬을 때와는 다르게 의상을 갈아입을 시간도 제대 로 만들어놓았다.

라이브는 모레. 칠석인 7월 7일.

세 사람은 내일 리허설을 위해 라이브 회장에 머무르고 근처 호 텔에서 전날 밤을 보낸다.

라이브 전에 만날 수 있는 건 이 시간이 마지막일지도 모른다.

"린타로, 이 영상 속에서 이상한 점 있었어?"

"나한테 묻지 마⋯⋯. 그냥, 전과 마찬가지로 대단하다고 느꼈는데."

"⋯⋯그래."

레이는 앞에 수첩을 펼쳐놓고 있었다.

영상을 보고 개선해야 할 점을 메모하기 위해 펴놓은 거겠지만, 아직 펜은 한 번도 움직이지 않았다.

이건 레이가 귀찮아하는 게 아니라, 순수하게 개선점이 보이지 않아서 멈춰버린 거다.

그만큼 완성된 퍼포먼스였다. 이 이상 손을 댈 수 없을 정도로.

다만──.

"굳이 말하라면⋯⋯ 얼굴?"

"얼굴?"

"그래. 지난번에 내 앞에서 보여줬을 때보다 표정이 딱딱한 느낌이야."

필사적이라고 해야 하나.

지금까지 본 TV 방송이나 라이브 영상과 비교해도 아주 조금 위화감이 있다는 정도.

오히려 내 착각이라고 하는 게 더 그럴싸할 정도로 확신 없는 차이.

"아마 린타로의 지적이 맞아."

"⋯⋯그러냐. 뭐, 어쩔 수 없지."

"응⋯⋯."

아버지가 보러 온다는 압박감. 그게 레이 안에서 상상 이상으로 크게 팽창해있는 게 틀림없다.

　이것만큼은 마음가짐의 문제다. 주변에서 뭐라고 할 수 있는 이야기도 아니다.

　"할 수 있는 건 전부 했냐?"

　"……응."

　"그래."

　나같은 일반인이 할 수 있는 말은 아무것도 없다.

　남은 건 실전에서 프로인 그녀가 어디까지 집중할 수 있는가.

　"린타로……. 잘 봐줄 거야?"

　"네가 마련해준 특별석이 있으니까. 잘 보마."

　내가 그렇게 대답하자 레이는 자리에서 일어나 내 앞에 섰다.

　"고마워. 네가 봐 준다면…… 나는 분명 끝까지 앞을 볼 수 있을 테니까."

　레이는 찌글찌글 웃은 뒤 거실을 뒤로했다.

　나는 소파에 앉은 채 TV의 전원을 껐다.

　"……미소가 엉망진창이네."

　아이돌답지 않은, 허세라는 게 보이는 미소였다.

　레이의 정신력은 어마어마하다.

　몸에 뿌리박힌 움직임이라는 건 그리 쉽게 사라지는 것도 아니고, 실전에서 아무리 긴장하든 그녀의 몸은 자연스럽게 움직일 것이다.

　다만 그것만으로 톱 아이돌 노릇을 할 수 있을까.

　역시 묘하게 가슴이 울렁거린다.

'내가 조마조마해서 어쩔 건데⋯⋯.'

어느새 덜덜 떨고 있던 다리를 억지로 멈춘 뒤 주머니에서 스마트폰을 꺼냈다.

조금 늦은 시각이지만 그 녀석이라면 아직 일어나있을지도 모른다.

나는 메시지 애플리케이션을 열고 딱 한 명뿐인 절친에게 전화를 걸었다.

『──────여보세요. 이런 시간에 무슨 일이야?』

"미안하다. 네 목소리를 좀 듣고 싶어서."

『어어?! 뭐, 뭐야⋯⋯. 정말 무슨 일이야?』

스마트폰 너머에서 이나바 유키오의 당황한 목소리가 들렸다. 신기한 기분이다.

매일 학교에서 듣는 유키오의 목소리도 기계를 통했다고 왠지 신선하게 느껴진다.

『⋯⋯무슨 일 있었어?』

"왜 그렇게 생각하는데?"

『린타로가 전화한다는 건 직접 보고 이야기하기 곤란한 일이 있는 게 아닐까 하는데. 고민 같은 게 있다면 가능한 한 들어줄게.』

"너는 나를 뭐든 다 꿰뚫고 있구나. 반해 버리겠어."

『그, 그래? 에헤헤.』

남자가 '에헤헤' 하고 웃어봤자 징그러울 뿐이라고 생각했는데, 유키오만큼은 불쾌하지 않다.

그것도 신기하다고 생각하면서──.

"고민은 있지만, 솔직히 별거 아니야. 애초에 내 문제가 아니라고 할지."

『그래?』

"어. 친구……? 음, 친구. 친구가 고민하는데, 어떻게든 도와주고 싶지만 방법이 하나도 떠오르지 않아."

『우선 네가 그 사람을 친구라고 부르는 게 놀라운걸. 네 안에선 어지간한 사람은 다 아는 사람 아니면 같은 반 학생 정도잖아.』

확실히 나는 다른 사람을 친구라고 정의하는 일이 잘 없지만.

"뭐, 그건 상관없잖아. 좀 내버려 둘 수 없는 사람이라 그래."

『흐응……. 그래서, 어떤 고민인데?』

"그게……, 그 녀석은 아무튼 유명해지려고 하는데, 그러기 위해서 열심히 노력도 해서 꽤 이름이 알려진 사람이 되었거든."

『응.』

"하지만 그 녀석의 아버지는 그걸 별로 안 좋아해서 가능하면 자제해주길 바라고 있어."

『유명해지면 위험도 따라오니까. 마음은 이해하지.』

"그래서, 이번에 그 아버지 앞에서 유명해지기 위해 연습한 모든 기술을 보여주려고 하는데, 그게 어마어마한 압박감이 되어서 실전에서 실패할지도 몰라."

『그렇구나……. 그럼 린타로는 그 사람이 아버지 앞에서 본래의 실력을 발휘해주길 바라는 거지?』

"그렇지. 하지만 그 방법을 모르겠어."

유키오는 내가 아는 사람 중 가장 이야기를 잘 들어준다고 해도 될 정도다.

내가 하고 싶은 말을 한 번 듣기만 해도 거의 완벽하게 이해해 주고, 해석의 차이도 일어나지 않는다.

그리고 자세히 이야기할 수 없는 내 사정도 헤아려준다.

이런 점이 상담 상대로서는 대단히 든든하다.

『으음……, 하지만 그건 본인이 어떻게든 할 수밖에 없는 거 아닐까.』

"……정론이네. 하지만 내가 원하는 답은 아니야."

『알아. 너도 같은 결론이지? 린타로는 제3자로서 할 수 있는 일을 알고 싶은 거고.』

맞다. 하지만 그게 떠오르지 않는다.

『……미안하지만 나도 답은 나오지 않을 것 같아. 다만 한 가지 말할 수 있는 게 있어.』

"들려줄래?"

『응. 그건── 너만은 불안한 표정 짓지 말라는 거야.』

불안한 표정?

『이론 같은 건 없지만, 불안은 전염된다고 생각하거든. 실제로 그 사람의 기술이 잘 되지 않을 때, 네가 주변에 있다면 분명 매달리고 싶어질 거야. 그때 너도 불안한 표정을 짓고 있다면 완전히 마음이 꺾여버릴걸.』

"……그렇네."

예를 들어, 고교 야구 시합에서 감독이 불안해하는 표정을 짓고 있다면 제자들은 뭘 믿어야 하는지 알 수 없게 될 것이다.

그때까지 아무리 노력을 거듭했다고 한들 그 노력의 방향성을 제시해준 감독이라는 **이정표가 틀렸을지도 모른다면**, 노력해온 토대 자체를 믿을 수 없게 되는 게 아닐까.

그런 상태에서 과연 만족스럽게 시합할 수 있을까————실제로 스포츠에 파고든 적이 없는 나는 알지 못한다.

이 생각은 틀렸을지도 모르고, 애초에 나는 레이의 감독도 아니다.

그래도 한 가지 확실한 건, 내가 불안을 드러내봤자 좋은 일은 하나도 없다는 점이다.

"고맙다, 유키오. 도움이 됐어."

『무언가 참고가 되었다면 다행이야. 네게서 상담을 받는 것도 왠지 신선해서 즐거웠고.』

"내가 우는소릴 할 수 있는 녀석은 너 정도밖에 없지. 정말 살았어."

『————그래. 그렇구나.』

"응? 왜 그래?"

『으으응, 아무것도 아니야. 린타로가 걱정하는 그 사람, 성공하면 좋겠다.』

"어, 그러게."

『그럼 잘 자, 린타로.』

"오냐, 잘 자."

귀에서 스마트폰을 떼고 통화를 끊었다.

마지막에 갑자기 유키오의 목소리가 밝아졌는데, 일단 폐가 되진 않은 것 같아서 안심했다.

　불안한 표정을 짓지 않는다.

　간단한 일일지도 모르지만, 무척 중요한 일인 듯한 느낌이 든다.

　레이가 나를 볼 여유가 없다고 해도 나만은 레이를 믿고 바라보자.

　'너는 괜찮아'라는 의미를 담아서——.

　그리고 라이브 당일.

　이번 밀피유 스타즈가 사용하는 회장은 일본 부도칸보다는 작지만 규모로는 국내에서도 손에 꼽히는 크기다.

　관객석은 상단, 하단으로 2층 구조.

　무대에서 먼 관객은 상부에 설치된 거대 모니터에서 나오는 그녀들의 모습을 보며 시야적인 핸디캡을 어느 정도 보완한다.

　"되게 넓네……."

　나는 2층석보다 더 높은 위치에서 회장 전체를 내려다봤다.

　이곳이 레이가 마련해준 특별석.

　2층석보다 높고 엄폐물이 없는 위치라 무대 전체가 훤히 보였다.

　좌석에 앉으면서 힐끔 옆으로 시선을 옮기자 이미 몇 명의 인간이 특별석에 앉아 있었다.

　다들 저 세 사람의 관계자겠지.

그리고 여기서, 머릿속에서 쏙 빠져있던 문제 하나가 내 눈앞에 나타났다.

"아…….""

"음? 너는 그러니까…… 시도였던가."

내 옆자리에 고급스러운 정장을 차려입은 남성이 앉았다.

그래, 레이의 아버지다.

"대, 대단한 우연이네요! 이런 장소에서."

"숨기지 않아도 돼. 레이에게서 사정은 들었으니까. ……딸이 상당히 신세 지고 있는 모양이구나."

"아, 아하하하, 아뇨, 신세 지고 있는 건 오히려 제 쪽이죠. 아하하하…….""

레이, 말씀을 드렸다면 미리 말해줘야지.

마음의 준비를 하지 못했던 탓에 굉장히 어색한 분위기를 만들어버렸잖아.

"네게 한 가지 물어보고 싶은 게 있던 참이야. 설마 그럴 리는 없을 테지만, 우리 딸에게 손을 대거나 하진 않았겠지?"

"설마요! 저는 그냥 가정부 같은 거고, 남자로서 보고 있지도 않으니까요!"

"흠……. 그렇다면 다행이고."

빌어먹을, 높으신 분 납셨네. 뭐, 적어도 나보다 높으신 분이긴 하지만.

싹수없이 굴 수도 없으니 나는 아무튼 이 상황을 잘 넘어가기 위해서 대외용 미소를 지었다.

"──어머, 여보? 그쪽 아이는 누구?"

그때 오토사키 씨 너머에서 한 명의 여성이 나타났다.

웨이브진 아름다운 금발. 붉은 드레스는 가슴께가 파여 있어 뚜렷한 가슴골이 강조되었다. 얼굴에는 주름 하나 없고 아름다운 파란색 눈동자는 더없이 맑았다.

"아아, 레이가 연락했던 시도야."

"아하! 그랬구나. 안녕, 나는 오토사키 리리아(莉莉亞)라고 한단다. 레이의 어머니지."

'아, 한자로는 이렇게 써'라면서 가르쳐준 그녀의 이름은 어딜 봐도 취음자로 붙은 한자였다.

딱 봐도 리리아 씨는 외국인.

외국인과 부부가 되었을 때 통칭명*을 사용하는 게 인정되고 있을 터.

따라서 이름이 너무 이질적으로 들리지 않도록 일본식 이름을 알려준 거겠지.

──아니, 그나저나 좀 많이 젊은 거 아닌가?

20대라고 해도 믿어버릴 정도로 피부가 반들반들해 보이지만, 적어도 40대 초반이 아니라면 레이의 어머니가 되지는 못할 텐데.

이게 동안의 힘인 건가? 이 사람 주변만 시간이 멈춘 것 같다.

"아⋯⋯. 안녕하세요. 시도 린타로입니다."

"그래, 린타로구나. 우리 애를 잘 돌봐줘서 고마워. 나도 남편도 평소에는 일 때문에 집에 돌아가지도 못하니까 너 같은 아이가 있어서 무척 안심이야."

---

*외국인이 일본에서 일상적으로 사용하기 위한 일본식 이름. 원래 일본에서는 외국인과 결혼하면 기본적으로 부부간에 다른 성을 사용하지만, 외국인 배우자가 일본인 배우자와 같은 성을 쓰고 싶다면 통칭명을 등록해서 사용한다.

엄격해 보이는 아버지와는 다르게 어딘가 신기하고 솜사탕 같은 사람이다.

외모도 그렇지만, 레이와 피가 이어져 있다고 했을 때 가장 빠르게 수긍할 수 있는 사람은 이 사람일지도 모른다.

"오늘은 드디어 그 아이의 무대를 보러 왔단다. 여태까지는 계속 일하느라 바빠서 와 주지 못했으니까 정말로 처음이야. 일을 잔뜩 당겨서 어떻게든 하루를 비웠지."

"그, 그랬군요."

으음, 정말 이 사람의 화법은 독특하다.

나쁜 사람이 아니라는 건 바로 알 수 있지만, 이쪽의 거리감은 아랑곳하지 않고 말하기 때문에 상당히 체력이 빨릴 것 같은 예감이 든다.

"아, 그러고 보면! 오토사키── 아니, 이러면 헷갈리네요. 레이도 부모님이 보러 오신다고 의욕이 넘치더라고요. 아마 와 주셔서 아주 기뻤나 봐요."

"……시도, 우리 비위를 맞출 필요는 없어. 레이가 그런 식으로 생각하지 않는다는 건 우리가 제일 잘 알고 있으니까."

나는 말문이 막혔다.

내가 쓴 가면이 순식간에 벗겨진 것도 그렇지만, 굳이 따지라면 그렇게 말하는 오토사키 씨의 준엄한 표정에 놀랐다.

"그 애는 굉장히 긴장하고 있겠지. 내가 제시한 부당한 약속을 지키려면 한 번의 실수도 허락되지 않는 상황이니까. 아무리 이렇게까지 유명해졌다고 한들 평소 느끼던 압박감과는 다를 거야.

물론 나는 여기서 실수를 해주는 게 고맙지만 말이야."

오토사키 씨는 회장을 내려다보면서 그렇게 단언했다.

말투는 세지만 딸을 걱정하는 아버지의 확고한 마음이 담겨 있는 것 같았다.

"그렇다면…… 왜 레이가 아이돌이 되는 걸 막지 않으셨어요? 처음부터 억지로 막을 수도 있었지 않나요?"

"……아내가 그러더구나. 한 번은 레이가 하고 싶은 대로 하게 돼야 한다고."

오토사키 씨는 체념한 듯 한숨을 쉬었다.

그 옆에선 유난히 기뻐 보이는 리리아 씨가 생글생글 웃고 있었다.

"하지만 그 애가 너무 귀여웠는걸! 반드시 아이돌이 될 수 있다고 생각했어! 시도도 그렇게 생각했지?"

"그, 그렇죠. 학교에서도 인기 많고요."

"하지만 남편의 마음도 이해해. 하도 귀여워서 나쁜 사람들에게 안 좋은 일을 당하는 게 아닌지 아주 걱정이거든. 가능하다면 평범한 아이로 남아주길 바란 것도 사실이야……. 그래도, 평소에 워낙 떼를 쓰지 않는 아이라 꿈을 이야기해준 게 너무 기뻤단다. 그래서 그만 남편을 졸라버렸지."

처음으로 떼를 썼다는 건가. 확실히 그런 건 이뤄주고 싶어진다.

나는 이 두 사람과 대화하며 조금 안도했다.

두 사람 모두 레이를 진심으로 걱정하고 있다.

괜히 이상한 사고방식을 지닌 것도 아니고, 부모로서 책임감을 갖고 있는 사람들이었다.

하지만 그렇기 때문에 강적이다.

아무리 아이돌로서 지명도가 올라가도 그걸 기뻐하기는커녕 오히려 걱정이 커진다.

설령 여기서 레이가 한 번도 실수하지 않고 라이브를 성공한다고 해도 오토사키 씨가 이대로 물러나 줄까—.

'아니, 그러니까…… 내 마음이 약해지면 안 되지.'

주먹을 꽉 쥐며 괜한 생각을 하지 않도록 노력했다.

오토사키 씨도 한 명의 남자다.

딸과 한 약속을 깨진 않을 거다.

"시도, 너는 어떻게 생각하니?"

"네?"

"너는 레이가 계속 아이돌을 하길 원해?"

"그건, 뭐……."

"……너는 지금 생활비를 대신해 레이를 돌봐주고 있다고 들었는데. 그 애가 아이돌을 그만두면 너는 상당히 곤란할 거야."

오토사키 씨는 나를 차가운 눈으로 바라보며 그렇게 말했다.

——그래, 이런 눈.

그 망할 아버지와 마찬가지로 시험하는 듯한, 꿰뚫어 보려고 하는 듯한 눈.

그리고 이 남자는 나에게 이렇게 묻고 있다.

레이가 아이돌을 그만두면 나한테 불리해지니까 그만두지 않길 원하는 게 아니냐고.

"그렇네요. 확실히 막 이사도 한 참이니 레이가 지금 아이돌을 그만두면 고충이 많겠죠."

"……그렇다면 당장의 생활비는 내가 지원해주마. 그러니 그 아이에게 연예계에서 은퇴하도록 설득해주지 않겠어? 자신을 돌보는 역할을 맡길 정도인 너라면 레이도 말을 들을지도 모르지."

매력적인 제안이다.

확실히 레이는 아이돌로서 지극히 많은 수입을 벌어들이고 있으나, 아버지의 수입은 더 많을 테고 더불어 안정적이다.

어느 쪽이 더 든든한지는 누가 봐도 명백하다.

하지만──.

"앗, 여보! 곧 시작이야!"

"음……."

흥분한 리리아 씨가 오토사키 씨의 소매를 잡아당기자 회장을 비추던 조명이 무대 위만 남기고 꺼졌다.

남은 조명은 각자 멤버들의 이미지 컬러.

그리고 조명을 받은 무대 위에 '밀피유 스타즈'가 서 있었다.

지금까지 웅성웅성 시끄러웠던 회장이 조명이 꺼지자 싸악 조용해졌다.

그런 와중에 중심에 서 있는 레이가 시작 신호를 알렸다.

『──원, 투.』

그건 내 앞에서 보여주었던 연습 때와 같은 신호였다.

그녀의 신호에 맞춰서 회장을 흔들어놓을 만큼 커다란 음량으로 노래가 흐르기 시작했다.

그 소리와 경쟁하듯 관객석에서 커다란 환호성이 터지며 회장은 순식간에 열기에 휩싸였다.

노래의 도입부를 부르는 건 카논.

평소에는 귀를 쨍쨍하게 울리는 듯한 그녀의 높은 목소리는 지금 이 자리에서 관객의 마음을 단단하게 휘어잡는 선발대 역할을 하고 있었다.

카논의 표정은 춤에 동화되듯이 풍부하게 전환되며 잠깐이라도 눈을 깜빡였다간 손해를 볼 것 같은 기분이 들 정도로 매력적이었다.

계속 보고 싶다──.

관객들이 그렇게 느끼기 시작했을 때쯤에 카논의 몸이 뒤로 잡아당겨졌다.

그리고 그 뒤에서 미아가 뛰쳐나왔다.

물론 지금 이 일련의 동작은 연출이라, 카논은 순간 미아를 과장되게 노려본 뒤 본래의 대형으로 돌아갔다.

소위 라이브 특유의 재미다. 이런 부분으로 관객을 웃게 해주고, 라이브 회장에 직접 보러 온 사람들에게 특권을 느끼게 한다.

미아의 목소리는 세 사람 중에서는 조금 낮은 톤이다.

바꿔 말하자면 색기가 있다는 뜻으로, 듣는 사람들의 뇌를 녹여버린다.

황홀해진다는 건 바로 이런 상태를 말한다.

그리고 그대로 미아가 한 소절을 불렀다.

그러자 스포트라이트가 무대 중앙으로 돌아가 그곳에 있는 마지막 한 사람을 비췄다.

"레이······."

나는 무의식중에 그녀의 이름을 중얼거렸다.

지금까지 봤던 어떤 모습보다도 아름답게 치장한 그녀는 두 손을 벌리며 노래했다.

다들 숨을 삼켰다.

다들 말을 잃어버렸다.

카논보다 낮고 미아보다는 높은 그 목소리는 더없이 투명하여, 신비롭다고 할 수 있는 매력이 담겨 있었다.

아아, 도망칠 수 없다.

한 번 '레이'의 목소리에 홀려버리면 반드시 다시 듣고 싶어진다. 그것이야말로 진짜 아이돌들의 힘──.

노래의 박자가 빨라졌다.

그에 따라 세 사람이 합을 맞춰서 추는 춤도 격정을 더해갔다.

그런 와중에도 세 사람의 호흡은 흔들리지 않았다.

칼같이 각이 맞는 발끝과 손끝. 그 움직임은 예술로 승화되고 있었다.

"여보. 우리 애가 아주 빛나고 있어."

"……그래, 그렇구나."

옆에서 두 사람의 목소리가 들렸다.

나는 남몰래 주먹을 움켜쥐었다.

내 일도 아닌데, '이겼다'는 감정이 치밀었다.

이대로 가면 아무런 문제도 없이 끝난다.

내 머릿속에는 그런 낙관적인 생각이 싹트기 시작했다.

문제가 일어난 건 그로부터 한 시간 뒤.

라이브가 마침 절반을 지나 드디어 후반전으로 들어가려던 때.

관객들의 열광은 말 그대로 최고점에 도달해서 한 곡이 끝날 때마다 회장 전체가 환호성으로 뒤덮였다.

하지만 그 속에서 나는 이변을 깨달았다.

늘 센터에 서는 레이의 어깨가 숨을 쉴 때마다 위아래로 흔들렸다.

미아도 카논도 그걸 알아차린 건지 곁눈질로 레이 쪽을 확인하고 있다.

소위 어깨를 헐떡인다는 상태.

애초에 1시간 동안 계속해서 춤추고 노래한다는 건 어마어마한 체력을 소모한다.

다만 세 사람은 두 시간 동안 춤추고 노래할 수 있도록 특훈을 거듭해왔다.

그 증거로 미아와 카논은 호흡이 거칠어지긴 했으나 얼굴까지 피로의 기색이 드러나진 않았다.

리허설 때도 레이의 호흡이 이렇게까지 흐트러지진 않았다.

즉, 틀림없이 이상 사태라는 소리다.

'이런…… 압박감이 심했나.'

다음 곡으로 넘어가는 짧은 준비 시간을 위해 일단 퇴장하는 레이의 등을 배웅하며 나는 이를 악물었다.

라이브 도중에는 이런 인터벌이 몇 번 존재한다. 이 시간에 조금이나마 체력을 회복할 수 있을까…….

"레이! 괜찮아?"

무대 뒤로 내려오자마자 카논의 목소리가 귀를 찔렀다.

숙이고 있던 고개를 들자 그곳에는 걱정하는 카논과 미아의 얼굴이 있었다.

나는 그걸 보고 고개를 한 번 끄덕이는 게 고작이었다.

"도저히 괜찮아 보이지 않는데. 혹시 어디 아픈 거야?"

"……그게, 아니야. 미아."

그래, 나는 딱히 어디 아픈 건 아니다.

아침에 일어났을 때는 베스트 컨디션이었고, 라이브 직전에도 그건 변함이 없었다.

하지만 단 하나의 계기로 그 상태는 무너져버렸다.

내가 마련한 특별 초대석, 거기에 앉아있는 아버지와 어머니의 얼굴이 보이고 말았다.

보지 않으려고 했었다. 하지만 한순간이라도 시야에 들어오면 그 순간 라이브 특유의 고양감으로 마비되어 있던 머리가 현실로 끌려 돌아왔다.

숨쉬기 힘들다.

중간부터는 마치 기도가 무언가에 막혀버린 듯한 감각에 시달렸다.

호흡이 정돈되지 않으면 체력도 회복되지 않는다.

무릎이 덜덜 떨릴 정도로 강한 피로가 몸을 덮쳤다.

"아무튼 물 천천히 마셔. 의상 바꿀 때까지 시간은 별로 없지만, 직전까지 숨을 고르고."

"알았, 어."

카논이 등을 문질러주는 걸 느끼며 조금씩 물을 마셨다.

그리고 숨을 내쉬었다가 크게 들이마시는 동작을 반복했다.

가슴에 무언가가 걸린 듯한 감각은 남아있지만, 다소 회복된 듯한 느낌이 든다.

"라이브가 시작된 이상 움직일 수 있다면 중간에 중지할 순 없어. 레이, 그건 알지?"

"이제, 괜찮아. 걱정 끼쳐서 미안."

"……알았어. 그럼 가자."

우리는 다음 의상으로 갈아입었다.

여느 때는 아무렇지도 않게 입었던 의상이 오늘은 유난히 무겁다.

비틀거리는 걸 들키지 않도록 조심하면서 나는 다시 무대로 향했다.

환호성이 고막을 파고든다.

그 열량과 눈부신 스포트라이트를 받으며 아찔한 현기증이 났다.

하지만 여기서 쓰러질 수는 없다.

발을 강하게 내디디며 휘청거리지 않도록 버텼다.

움직여————.

아버지와 어머니가 보고 있다. 오늘은 절대 실수할 수 없다.

두 사람이 내 활동을 걱정한다는 건 눈치채고 있었다.

딸이 좋아하는 걸 하게 해주고 싶은 마음과, 걱정하는 마음이 충돌해서 괴로워하는 모습을 계속 봐 왔다.

그러니까 전해야 한다. 나는 괜찮다고.

『여러분! 아직 더 갈 수 있지?』

카논의 멘트가 관객석으로 날아갔다.

이건 다음 곡으로 들어가는 도입부다. 여기서부터 가장 파워풀한 노래가 시작된다.

관객들은 지금까지 중 가장 큰 환호성으로 카논에게 호응했다.

고비라는 단어가 뇌리를 스쳤다.

움직여, 웃어————.

아이돌로서 끝까지 무대에 선다.
여기에 서 있는 '오토사키 레이'를 그 사람들에게 보여주기 위해.
꿈을, 포기하지 않기 위해.

라이브가 재개되었다.
카논의 멘트에 반응한 관객들은 쿨다운을 거쳤는데도 다시 열기를 최고치까지 끌어올렸다.
나도 예습해서 알고 있었다.
의상 교환을 마친 후에 나오는 카논의 도발적 멘트는 밀스타의 노래 중에서도 가장 파워풀한 노래가 시작된다는 신호.
등에 식은땀이 맺혔다.
극도의 정신적 피로를 느끼는 레이가 이 노래를 버틸 수 있을까.
『간다!』
『오오오오오오오오오!』
카논의 외침과 함께 노래가 시작되었다.
'스위트 록'이라고 불리는 이 노래는 가장 파워풀한 노래이기도

하다 보니 센터가 레이에게서 카논으로 넘어간다.

신체 능력에는 거의 차이가 없는 세 사람이지만, 동작에 따라 더 잘 맞는 게 있었다.

폴짝폴짝 점프하는 움직임이 가장 특기인 게 카논이고, 섹시한 움직임은 미아가 특기.

레이는 상당히 표준적인 타입으로, 어디에나 대응한다는 인상이다.

따라서 거의 모든 노래에서 센터를 맡는 거겠지.

노래가 후렴에 들어가자 회장은 한층 더 달아올랐다.

레이는 아직 따라가고 있다.

이 상태라면 분명 이 노래는 소화할 수 있겠지.

그녀도 프로다. 페이스 분배를 조절하면 지금부터라도 끝까지 완주할 수 있다고 계산했을지도 모른다.

애초에 나 같은 문외한이 걱정하는 것 자체가 주제넘은 짓이겠지.

다만 자꾸만 불길한 예감이 사라지지 않는다.

그래도 표정만큼은 어두워지지 않도록 꾸며냈다.

그리고 '스위트 록'이 끝나자 라이브는 다음 곡으로 넘어갔다.

『이번에는 내 차례야.』

다음 노래는 '아이스크림 데이즈'.

대형이 바뀌며 이번에는 미아가 센터에 섰다.

여름에 딱 맞는 상큼한 멜로디 속에 미아의 독특한 서늘함이 느껴지는 저음이 잘 맞물렸다.

카논이 센터인 노래 뒤에 이걸 배치해서 지나치게 달아오른 관객들의 흥분도를 조금 내려주면서 회장의 분위기를 정돈한다.

춤도 파워풀한 움직임은 적으니 레이에게도 구원 같은 시간이라 할 수 있겠지.

하지만 나는 안다.

이 노래 다음에는 레이가 센터인 노래가 온다.

여기까지 온 그녀의 다음 벽은 틀림없이 그 시점.

그리고── 미아의 노래가 끝나고 다시 레이가 센터에 서는 시간이 왔다.

『……'금빛 아침'.』

그녀가 다음 곡명을 입에 담자 회장은 다시 환호성에 휩싸였다.

레이가 센터에 서는 이 '금빛 아침'은 카논의 곡과도 미아의 곡과도 다르게 춤보다 노래가 메인인 곡이다.

안무 같은 건 거의 없이 무대 위에 스탠드마이크를 세우고 노래한다.

움직임이 적으니까 이걸로 레이도 조금은 체력을 회복할 수 있을 것이다.

다만 대신 압박감은 한층 더 크겠지.

레이가 메인 멜로디를 담당하고 다른 두 사람이 코러스로 빠져버린 이상 한 번만 실수해도 크게 두드러진다.

정신적으로 힘들어하는 그녀에게 가혹하다는 건 틀림없다.

맑고 아름다운 목소리가 회장에 울려 퍼지면서 관객들은 숨소리 하나 내지 않고 그저 몰입했다.

레이의 보석 같은 금발을 모티브로 한 이 노래는 말 그대로 그
녀밖에 부를 수 없는 노래라고 할 수 있다.

'레이'가 최애인 팬은 다들 이 노래를 가장 좋아한다고 입을 모
아 말한다.

데뷔했을 때부터 팬이었든, 새로 입덕한 팬이든 그건 마찬가지
라고 한다.

1절을 다 부른 레이는 간주를 거쳐 2절에 들어갔다.

순조롭게 가사를 따라가는 목소리가 드디어 후렴 앞 소절에 들
어갔다.

이변이 일어난 건 그때였다.

『―――――!』

레이의 목소리가 멈췄다.

스스로도 믿어지지 않는다는 듯한 얼굴로 멍하니 눈앞의 마이
크를 바라보고 있다.

노래를 서포트하는 미아와 카논이 곁눈질로 레이에게 시선을
보냈다.

그 모습은 어딘가 초조한 것처럼 보였다.

'이런! 가사를 까먹은 건가?'

가사가 나와야 하는 부분에서 그녀의 입이 움직이지 않는다.

몸에 영향을 주고 있는 것 같았던 피로가 설마 이런 식으로 드

러날 줄이야————.

후렴에 들어가기 직전이 되어도 레이의 입은 움직이지 않는다.

관객들도 이변을 알아차리기 시작한 건지 옆 사람과 얼굴을 맞대며 웅성거리기 시작했다.

레이의 초조함이 나에게도 전해지는 것 같았다.

조금 전까지 흘리던 식은땀은 귀엽게 보일 정도로 전신에서 땀이 분출되며 숨을 쉬기 힘들어졌다.

하지만 레이는 나와는 비교도 되지 않을 만큼 괴로워하고 있을 것이다.

짧은 시간이 마치 무한한 것처럼 느껴지며 풍경이 일그러진다.

그런 와중에 레이의 시선이 흔들렸다.

그 시선은 천천히 우리가 있는 특별석으로 향했다.

오토사키 씨를 보고, 리리아 씨를 보고.

그리고—— 나를 봤다.

"윽! **어딜 보는 거야! '레이'!**"

스스로도 어째서 이럴 수 있었던 건지 모른다.

나도 모르게 몸을 내밀어 그녀를 향해 소리쳤다.

특별석에 있던 그녀의 부모님을 포함한 거의 모든 사람이 내 행동에 놀라며 눈을 크게 떴다.

이 거리, 심지어 반주와 관객의 웅성거리는 소리가 가득한 가운데 내 목소리가 들릴 리가 없다.

하지만 외치지 않을 수 없었다.

아이돌인 그녀가 봐야 하는 상대는 나도, 하물며 부모님도 아니다.

제발 떠올려.

네가 즐겁게 만들어야만 하는 상대를.

너는 지금 몇천 명이나 되는 팬 앞에 서 있다는 사실을.

제발, 제발.

네가 왜 아이돌이 되었는지 떠올려.

너는 결코, 부모님을 웃게 해드리고 싶다는 마음만으로 아이돌이 된 게 아니잖아.

스스로를 되찾아.

평소의 네겐 불가능 같은 건 하나도 없으니까.

『……아.』

눈이 마주치고 레이의 입에서 목소리가 새어 나왔다.

흔들리던 눈은 본래의 단단함을 되찾고, 스탠드마이크를 잡은 손에 힘이 들어갔다.

천해질 리 없는 목소리인데도 어째서인지 레이가 이해해준 것 같았다.

시선은 이미 앞을 향하고 있다. 그녀는 크게 숨을 들이마셨다.

『————고마워.』

분명 관객들에겐 이해할 수 없는 말이었으리라.

하지만 나는 안다.

전해질 리가 없는 내 목소리가 닿은 것처럼, 그녀의 말은 나에게 전해졌다.

영원과도 같았던 시간이 끝나고 오지 말라는 생각마저 했던 후렴구가 왔다.

멈춰있던 레이의 입은 막힘없이 그다음을 이어가기 시작했다.

고통으로부터 해방된 그녀의 목소리는 단숨에 회장 전체에 울려 퍼졌다.

끝없이 날아갈 것 같은, 지금까지 들은 것 중 가장 맑은 목소리.

조금 전에 일어난 트러블같은 건 전부 잊어버리게 만드는 낭랑한 노랫소리가 우리들의 고막을 기분 좋게 두드렸다.

'금빛 아침'은 조금 전에도 말했듯 그녀의 금발에서 모티브를 얻어 만들어진 노래다.

금발 여성과 한 남성의 아련한 사랑이 가사 속에 녹아들어 1절은 남자 시점, 그리고 지금 부르는 2절은 여자 시점으로 그려진다.

『눈을 뜨고 당신과 가장 먼저 인사하는 사람은 나였으면 좋겠어..』

『매일 아침 얼굴을 보며 밥을 먹고, 같이 웃고, 같이 우는 사람은 나였으면 좋겠어..』

『당신이 정말로 힘들어할 때 곁에 있을 수 있는 사람이 되고 싶어.』

그런 가사가 귀를 두드렸다.
그 순간 내 안에서 레이와 보냈던 시간이 범람했다.
이 노래를 작사한 사람은 레이 본인이었지.

그녀는── 누구를 떠올리며 이 가사를 썼을까.

'……부러워.'
나는 자리에 깊이 파묻히며 한숨을 내쉬었다.
이 감정은 아무에게도 알리지 말자.
보이지 않는 상대에게 질투하는, 이런 꼴사나운 감정은──.
이후 라이브는 그동안의 난조가 헛것이었던 것처럼 순탄하게 진행되어 이윽고 끝을 알리는 마지막 노래 차례가 되었다.
노래를, 춤을 마친 레이의 얼굴은 여태껏 본 적이 없을 만큼 최고로 멋진 미소를 짓고 있었다.
데뷔했을 때부터 응원한 팬조차 본 적이 없었던 그 얼굴은 한동안 많은 사람을 밀스타의 늪으로 깊이 끌고 갔다고 한다.
그 심정은 나도 잘 알 수 있었다.

얼마 지나지 않아 앙코르를 한 번 한 뒤 라이브는 종료했다.

결국 관객은 대부분 레이의 사소한 실수는 신경 쓰는 기색 없이(연출 같은 거라고 생각할 가능성도 있다) 다들 만족스러운 얼굴로 회장에서 나갔다.

나는 그런 광경을 조금 멍한 기분으로 바라보고 있었다.

일종의 현실도피. 아무리 관객이 만족했다고 해도 그녀가 가사를 날렸다는 사실은 변하지 않는다.

그게 레이의 아버지 눈에 어떻게 비쳤을지, 가능하면 생각하고 싶지 않아서 하는 현실도피였다.

————하지만 계속 넋을 놓고 있을 수도 없으니까.

"……오토사키 씨, 레이의 라이브는 어떠셨어요?"

이미 귀가 준비를 시작한 오토사키 씨에게 그렇게 물었다.

그는 손을 멈추고 나를 일별했다.

"내 딸이 수천 명의 인간을 기쁘게 해주었으니 순수하게 자랑스러웠지."

"그렇다면————."

"하지만 나도 알 수 있을 만큼 대놓고 실수해버렸어. 그걸 눈감아줄 수는 없지. 약속대로 레이는 은퇴하게 할 거야."

실패인가.

부모가 아닌 나는 오토사키 씨의 마음을 반도 이해하지 못한다.

그렇기에 이 사람의 의견을 정면에서 부정할 수는 없었다.

——그래도 하고 싶은 말이 없는 건 아니다.

"……오토사키 씨, 조금 전 생활비를 부담해주신다는 말씀 말인데요."

"응? 아아…… 너도 레이를 설득해준다면 충분한 생활비를 내주마."

"감사합니다. 하지만 거절하겠습니다."

그의 눈썹이 꿈틀거렸다.

이런 매혹적인 제안을 거절한다니 오토사키 씨는 생각지도 못했을 지도 모른다.

"저는 딱히 돈을 주니까 레이와 같이 있는 게 아니거든요."

뭐, 처음에는 그랬지만. 이건 말하지 말자.

"레이는 제가 오래 전에 포기한 막막한 꿈을 자기 힘으로 이룰 수 있는 인간이에요. 그런 훌륭한 인간을 가장 가까운 곳에서 도와줄 수 있는…… 그런 행복한 포지션을 제 손으로 던져버릴 수는 없습니다."

"그렇다면…… 너는 저 아이의 인생이 어떠한 실패로 무너졌을 때 그걸 책임질 수 있는 말이니?"

"못 지죠. 아니, **안 집니다**. 제가 책임진다는 건 굳게 각오하고 지금을 살아가는 레이에게 실례예요."

"음……."

나는 어디까지나 버팀목일 뿐.

아이돌로서 싸워나가려는 건 전부 레이의 의지다.

그녀도 나에게 책임을 넘기고 싶다는 생각은 없을 거다.

오토사키 레이는 제대로 자부심을 안고 살고 있으니까.

"……하지만 만약 그 녀석이 넘어지게 된다면…… 그때는 저도 같이 넘어질 정도의 각오는 있습니다."

나는 쓴웃음을 지으며 그렇게 말했다.

솔직히 중간에 그렇게 되었을 때를 상상하고 조금 후회했지만, 여기까지 말해놓고 이제 와서 물러날 수 없다.

공멸하는 건 곤란하지만…… 정말로 곤란하지만, 됐다.

남자는 두말하지 않는다.

"네가 같이 망해봤자 우리는 곤란하기만 한데……."

"아, 아하하, 그렇죠."

"하지만 체면이고 뭐고 다 버리고 그 애를 향해 소리쳐준 건, 솔직하게 인사해야겠지."

고맙다————.

그렇게 말하며 오토사키 씨는 나를 향해 머리를 숙였다.

그 옆에서 리리아 씨도 마찬가지로 머리를 숙였다.

"정말로 고마워, 시도. 네 덕분에 그 애도 회복할 수 있었던 것 같아. ……계속 네가 버팀목이 되어줬구나. 그렇지 않다면 그런 식으로 목소리가 전해지진 않을 테니까."

"그런, 걸까요……."

"나는 레이의 엄마니까 그 정도는 알지. ……그 애한테는 네가 필요한 건지도 모르겠어."

"그건 과찬입니다. 저는 평범한 고등학생이니까요……."

그래, 나는 평범한 고등학생에 불과하다.

레이 옆에 있는 것 자체가 분에 넘치는, 별다른 가치도 없는 애송이다.

그런 내가 할 수 있는 일은 정말로 적다.

그래, 이런 것밖에 없다.

"……무슨 생각이지?"

"제…… 성의입니다."

나는 오토사키 씨를 향해 깊이 허리를 숙였다.

남에게 이렇게까지 허리를 숙인 건 살면서 처음 해 보는 일이었다.

"부디 레이가 아이돌을 계속할 수 있도록 해주세요."

"……무엇이 너를 그렇게까지 하게 만들지? 설마 너는 그 아이에게 반한 건가?"

"그런 게 아닙니다. ……지난번에 레이가 제게 새로운 꿈을 이야기해주었어요."

일본 부도칸 라이브.

밀스타가 지금처럼 인기를 얻어나가면 그 꿈도 그리 머지않아 이뤄질 것이다.

"밀피유 스타즈는 더 위에 갈 수 있다고…… 여기서 그만두게 하는 건 아깝다고 생각하지 않으세요?"

"……네 성의는 이해했어. 하지만 나는 그런 이상은 품지 못해. 이야기를 되돌려서, 앞으로 저 아이들이 돌이킬 수 없는 실패를 겪게 된다면 어떻게 할 거지? 무언가 위험에 휘말린다면? 그렇게 되기 전에 막는 게 부모의 역할이 아닐까?"

오토사키 주장은 틀리지 않다.

레이의 집안은 말할 것도 없이 유복하다.

그녀가 아무리 큰돈을 벌든 부모님은 그보다 더 많이 벌어들인다.

내가 보면 레이는 꿈을 이룬 화려한 성공자지만, 그런 부모가 보기엔 위험이 더 크게 두드러질 것이다.

하지만 모든 것은 '그럴지도 모른다'는 가능성의 범주다.

"오토사키 씨에게는 확실히 레이를 지킨다는 역할이 있죠. 하지만 그건 저 녀석에게서 꿈을 빼앗아도 되는 이유가 되진 않습니다. 오토사키 씨의 힘이라면 레이를 지키면서 꿈을 향해 달릴 수 있게 해줄 수도 있지 않나요?"

"음……."

"달리는 걸 막는 게 아니라, 넘어지는 걸 방지하는 거죠. 저 녀석에겐 계속 달릴 만한 힘이 있습니다. 나머지는 주변에서 지지해주면 돼요."

레이의 앞날은 어느 쪽으로 향할지 모른다.

그래도 가능성을 **한쪽으로 치우치게** 할 수는 있을 것이다.

"부탁드립니다……! 부디 저 녀석의 꿈을 끝내지 말아 주세요……!"

나는 다시 머리를 깊이 숙였다.

그럴싸한 말을 늘어놓으며 설득을 시도했지만 결국은 전부 외부인의 참견.

가족 문제에 끼어들지 말라고 하면 그걸로 끝나버리는, 얄팍한 회유다.

이 자세도 말하자면 발버둥이다. 이래도 안 된다면 포기할 수밖에 없다.

"————고개를 들려무나, 시도."

"하지만······."

"내가 졌어."

오토사키 씨는 어딘가 포기한 듯 한숨을 쉬었다.

"딸의 꿈을 끝내지 말라는 말을 들어놓고 거부할 수 있을 리가. 적어도 근시일 내에 레이를 연예계에서 은퇴시키는 짓은 하지 않겠다고 약속하마."

"정말이에요?!"

"단, 미래에 어떻게 될지는 몰라. 앞으로 레이의 신변에 피할 수 없는 위험이 닥쳤다고 판단하면 그때는 아버지로서 억지로라도 그만두게 할 거야. ······그때까지는 마음대로 하게 두마."

"윽! 감사, 합니다!"

고개를 들라고 했지만 나는 한층 더 깊이 숙였다.

내 목소리가 눈앞에 있는 사람에게 닿았다.

하면 되는구나. 나도.

"우리는 돌아갈게. 사실은 레이와 식사라도 하러 가고 싶었지만, 지금부터 또 본사에 돌아가야 하거든. 그 아이에게는······ 리리아, 네가 연락해주지 않을래?"

"그래, 알았어. 아빠가 엄청 칭찬했다고 전해줄게."

"끙⋯⋯."

두 사람의 대화를 흘려들으며 가슴을 쓸어내렸다.

우선 한 건 해결했다고 할 수 있으려나.

어느새 땀으로 축축해졌던 이마를 닦은 뒤 한숨을 내쉬었다.

"그나저나 네 연설은 상당히 가슴을 울리더구나. 역시 **시도 그룹**의 아드님이야."

그때 전신의 땀이 싹 날아가는 듯한 감각이 들었다.

"어째서⋯⋯ 그걸?"

"지난번 학교에서 마주친 뒤에 생각났지. 너는 잊어버렸을지도 모르지만, 나는 몇 년 전에 너와 만난 적도 있어. 기억 안 나니? 대기업만 모인 교류 파티에서 시도 씨가 데려왔던 아이가 너였잖아?"

기업 교류 파티⋯⋯.

머리가 욱신욱신 아파서 무심코 고개를 숙였다.

뇌리에 스치는, 꿈에서 보았던 그 광경.

아버지가 데려온 초등학생인 나, 눈앞에는 정장을 입은 남성과 어린 여자아이.

그건—— 그 여자아이는——.

"어머 시도, 괜찮아? 어쩐지 안색이 나쁜 것 같은데."

"괘, 괜찮습니다⋯⋯. 조금 긴장했었던지라 그 반동인 건지도 모르겠어요."

심장은 격렬하게 뛰지만, 두통은 바로 가라앉았다.

지금 그 통증은 대체 뭐였을까.

나는 내 몸의 이변에 그저 곤혹스러워할 수밖에 없었다.

"……아, 시간을 빼앗아서 죄송합니다. 저도 슬슬 돌아갈게요."

"그래……. 그, 어른이 되어서 이런 걸 부탁하는 건 안 될 일인 지도 모르지만——."

————레이를 잘 부탁한다.

서툴게 말하는 그에게 여러 개의 프로젝트를 이끄는 수장의 관록은 없다.

지금 여기에 있는 남자는 한 명의 아버지.

사춘기인 딸과의 관계에 고민하는, 평범한 아버지였다.

『먼저 돌아간다. ……축하해.』

그런 메시지가 도착한 것은 라이브가 끝나고 20분 뒤였다.

나는 거듭 그 문장을 읽으며 표정을 풀었다.

이 메시지가 도착하기 조금 전, 어머니에게서 연락이 왔다.

나는 아직 아이돌로 활동할 수 있는 모양이다.

분명 린타로가 어떻게든 해준 거겠지.

나는 내가 센터에 서야만 하는 곡에서 실수를 저질렀다.

그런 결정적인 실수를 아버지가 눈감아줄 리가 없다.

"잠깐, 레이! 너답지 않은 실수를 저지른 주제에 뭘 히죽거리는 거야!"

"응……? 아, 카논. 있었구나."

눈앞에는 의상을 벗고 편안한 복장이 된 카논이 서 있었다.

표정을 보니 상당히 화난 모양이다.

"있었구나, 는 무슨! 너 말이야! 무대 위에서 얼마나 걱정했는지 알아!?"

"그건 정말 미안. 좀 평정심을 잃었어."

"……뭐, 수습했으니 다행이지만. 다음부터는 조심해!"

카논은 그런 말을 남긴 뒤 화장을 지우기 위해 메이크업 아티스트 분들과 함께 떠나갔다.

안다. 이제 다시는 같은 실수는 저지르지 않는다.

라이브 도중 나는 여태껏 맛본 적 없을 만큼 극심한 질식감을 느꼈다.

데뷔 당시부터 사람들 앞에서 노래하거나 춤추는 데 거부감이 없었는데, 오늘만큼은 마치 내 몸조차 아닌 것처럼 위화감이 있었다.

나는 상상했던 것보다 더 압박감에 약했던 모양이다.

하지만, 이젠——.

"……린타로에게서 무슨 말을 들었어?"

"어?"

갑자기 머릿속에서 떠올리던 그의 이름이 들리자 멍한 목소리가 새어 나갔다.

그런 내 반응을 보며 눈앞에 선 미아가 유쾌하다는 듯 웃었다.

"레이가 노골적으로 특별석 쪽을 보길래 나도 모르게 같이 봤거든. 그랬더니 그가 뭐라고 소리치는 게 보였지. 그러자마자 네가 평소처럼 돌아왔으니 혹시 그에게서 무슨 말을 들은 게 아닌가 했는데."

"……솔직히 무슨 말을 한 건진 모르겠어."

"그래? 뭐, 거리상 목소리가 들리지 않은 건 확실하지만……."

"그래도 아마 린타로는 이런 식으로 말했던 게 아닐까."

어딜 보는 거야. 앞을 봐.

그는 린타로라는 이름의 버팀목에 매달리려고 한 나를 밀쳐냈다.

당연하다.

나는 아이돌이고, 회장에는 그런 우리를 보러 와 준 팬이 있다.

나는 그 사람들에게 전력으로 보답해야만 한다.

아버지도 어머니도 당연히 소중하다.

하지만 나는 두 사람을 웃게 해주고 싶어서 아이돌이 된 게 아니다.

더 많은 사람—— 그야말로 나를 원하는 모든 사람을 웃게 하고 싶었다.

'그'가 나를 웃게 해준 것처럼.

원점을 떠올린 나는 이제 분명 틀리지 않을 것이다.

"……레이는 그를 정말 좋아하는구나."

"좋아한다…… 응, 좋아해. **8년 전부터.**"

스마트폰을 잡는 손에 힘이 들어갔다.

초등학교 3학년 때 아버지가 데려갔던 어른들의 파티에서 나는 린타로를 만났다.

당시 단것을 먹지 못했던 나에게 그 맛을 가르쳐준 사람이 린타로였다.

그리고 누군가와 같이 식사하는 기쁨을 가르쳐준 것도 시도 린타로라는 남자아이다.

"린타로는 나를 웃게 해줬어. 그러니까 나도 린타로처럼 많은 사람을 웃게 해주고 싶어. 린타로는 나를 아이돌이라는 길로 이끌어준 사람이야."

"그래, 벌써 몇 번이나 들었어."

"끄응, 더 말하게 해줘."

"참아줄래? 남의 연애 이야기에 일일이 맞장구칠 정도로 나는 관대하지 않거든?"

미아가 그렇게 말하니 나도 순순히 물러났다.

사실은 린타로 이야기를 더 많이 하고 싶다.

가능하면 린타로 본인과 이야기하고 싶지만, 그건 아마 어렵다.

린타로는 파티도 나도 기억나지 않는 것 같았으니까.

직접 물어보고 싶긴 하지만 어머니로 인해 어두워진 린타로의 과거를 굳이 들쑤시고 싶지 않다.

언젠가 그가 자연스럽게 떠올렸을 때 다시금 인사할 것이다.

그때 나를 웃게 해줘서 고마워——라고.

"하지만 설마 그 레이가 남자애 한 명과 접점을 만들고 싶다는 이유로 **연기**까지 할 줄은 몰랐어. 배고파서 쓰러진다는 시추에이션이 용케 먹혔네?"

"그건 딱히 연기가 아니야. 정말로 배가 고파서 움직일 수 없었어."

"그건 그거대로 걱정인데⋯⋯."

린타로와 재회한 그 날── 정확하게는 고등학교에 입학한 단계에서 재회는 이뤄졌지만, 대화는 없었으니까 노카운트다.

사실 그날은 매니저가 집까지 바래다줄 예정이었다.

집에 돌아가면 도우미분이 요리를 만들어준다.

그대로 집에 갔다면 나는 아무 문제 없이 다음 날도 등교할 수 있었다.

하지만 발견하고 말았다. 역 앞 로터리를 걷는 그의 모습을.

순간적으로 매니저에게 차를 세워달라고 말한 뒤 평소에는 내리지 않는 장소에 내렸다.

그에게 허세를 부렸다고 말한 건 거짓말이었다.

사실은 우연이라면서 소탈하게 말을 걸고 싶었다. 쓰러질 뻔한 건 내가 생각했던 것보다 더 배가 고팠기 때문이다.

같이 식사하는 걸 넘어서 그가 직접 만든 요리를 대접받은 건 행운이었지만, 지금도 그때 일을 떠올리면 부끄럽다.

하지만 그때 용기를 내서 정말 다행이다.

이렇게 파고들 수 있는 계기를 얻게 되었으니까.

"미아, 나 결심했어."

"……일단 뭘 결심했는지 들을게."

"린타로가 '사랑'에 빠지도록 앞으로 더 노력할래."

"흐응……. 숨소리가 안 들린다 했더니, 역시 **그때** 깨어 있었구나."

"……미안."

"상관없어. 듣는다고 곤란한 이야기를 하지도 않았고."

이사 기념 파티 날, 나는 침대에 누워 미아와 린타로의 대화를 들었다.

그때 그는 분명히 말했다. 한 달 정도밖에 안 되는 상대에게 사랑을 느낄 수 없다고.

"──그러니까 더 오래 같이 있으면서, 더 의식하도록 노력할래. 뭘 하면 되는지는…… 솔직히 모르겠지만."

연애 경험이 하나도 없는 나에게는 터무니없이 높은 장벽.

하지만 그걸 어떻게든 넘고 싶다.

시도 린타로라는 남자아이를 떠올리면서 썼던 '금빛 아침'의 가사를 현실로 만들기 위해──.

"그래……. 그럼 나도 노력해야겠네."

"어?"

내 일에 열중해있었기 때문인지 미아의 말이 바로 머릿속에 들어오지 않았다.

"훔쳐 들었던 나쁜 어린이는 알고 있잖아? 내가 린타로에게 플러팅했던 것도."

"하, 하지만…… 그건 농담이라고."

"농담이라고 한 게 농담이었을지도 모르잖아. 게다가 누군가가 원하는 걸 알면 왠지 나도 갖고 싶어진단 말이지……."

미아는 내 눈을 들여다보며 입술을 핥았다.

지금까지 같이 활동하는 내내 느껴본 적이 없던 오한이 등을 타고 올라왔다.

미아와 경쟁하게 된다면, 나는――.

"――후후, 안심해. 정말 농담이거든."

"……심장에 안 좋아."

"하지만 레이, 방심하면 안 된다? 앞으로 나도 정말 그에게 반해 버릴지도 모르고, 그건 카논도 예외가 아니야. 게다가 우리 말고도 주변에 있는 여자가 의외로 있기도 하거든."

머릿속 한구석에 학급 위원장인 니카이도 아즈사의 얼굴이 떠올랐다.

그러고 보면…… 수족관에서 마주쳤을 때, 린타로에게 적극적으로 말을 걸었던 것 같다.

미아의 말은 생각보다 더 웃을 수 없는 이야기인 것 같다.

"우선 지금은 레이를 응원해줄게. 언젠가 정말로 내가 린타로를 원하게 될 때까지."

그렇게 말하며 요염한 미소를 짓는 미아의 그 말만큼은 도저히 농담으로 들리지 않았다.

린타로에게 사랑에 빠진 내 이야기는, 어쩌면 상상했던 것보다 더 전도다난한 건지도 모른다──.

커튼에서 파고드는 빛이 제법 강해졌다.

밀피유 스타즈의 라이브에서 열흘 정도가 지나 학교 종업식까지 앞으로 나흘 남은 시점.

7월 중순이기도 하다 보니 여름의 더위가 서서히 기세를 올렸다.

이 시기는 설령 아침이라고 해도 밖에 나가기 싫어진다.

특히 나는 추위보다 더위에 더 약하다. 추위는 껴입으면 어떻게든 버틸 수 있지만, 더위는 알몸이라는 한계가 있다. 뭘 하려고 해도 나른해져서 학생답지 않단 말을 듣거나 말거나 나는 여름이 싫다.

주변 녀석들이 바다네 수영장이네 부활동이네 하며 청춘을 구가해도 내 여름방학은 아무것도 안 하고 집에서 뒹굴거리기로 정해놨다.

"린타로. 여름방학에 바다 가자."

그런 스케줄을 부수려고 하는 악마의 속삭임이 날아왔다.

내가 만든 아침밥을 싹싹 비운 레이는 어딘가 기대하는 눈빛을 보내고 있다.

잠시 침묵을 지킨 나였지만 체념하고 한숨을 쉬었다.

"하아……. 잘 다녀와."

"린타로도 같이 가."

"야, 아무리 그래도 바다에선 변장할 수 없잖아? 밀스타 셋이서 놀러 가는 거라면 이해하지만 나는 거기에 낄 수 없어."

"괜찮아. 이번에 밀피유 스타즈의 수영복 화보 촬영이 있어서, 그때 사무소가 프라이빗 비치를 대여할 거야."

"오, 프라이빗 비치는 대여도 되는구나."

"응. 정확하게는 프라이빗 비치가 딸린 호텔을 빌린대. 우리 같은 아이돌이나 연예인, 또는 진짜 수영복 모델의 촬영지 같은 걸로 자주 이용하나 봐."

그래, 그렇다면 애초에 보는 눈이 없으니까 변장할 필요도 없고 가슴 졸일 필요도 없을 테지.

"하지만 일하러 가는 거잖아? 역시 나는 못 따라가."

"그것도 괜찮아. 지난번 라이브 선물로 촬영이 끝난 뒤에 우리만 하루 더 숙박했다 가도 된다고 했어. 택시비도 내준다고 했으니까 돌아오는 길도 편해."

"오, 아주 정성스럽네."

"린타로는 나중에 합류하게 되지만, 이러면 꼬박 하루 동안 같이 놀 수 있어. 게다가……."

"게다가?"

"잡지에 실리기 전에 린타로에게 내 수영복을 보여주고 싶어……."

그 말에 나는 무심코 반응이 막혀버렸다.

뭐라고 하지, 파괴력이 굉장하다.

표정 변화가 빈약한 레이가 쑥스러워하는 얼굴로 말하니, 그 의외성에 머리를 세게 후려 맞은 듯한 충격이 퍼졌다.

이 유혹을 무심하게 거절할 수 있는 녀석이 있다면 내 앞에 나와봐라. 존경할 테니까.

"──알았어. 딱히 거절할 이유도 없고, 여름방학에 아무 데도 안 가고 집에서 늘어지기만 하는 것도 건전하지 않으니까. 나라도 괜찮다면 함께 하겠습니다요, 옙."

"! 고마워. 린타로에게는 아버지를 설득해준 은혜도 있으니까 어느 타이밍에든 갚고 싶었어."

레이의 얼굴이 풀어졌다.

그래, 이 얼굴이다.

요즘 그녀는 아무래도 웃는 횟수가 늘어난 것 같다.

그 표정이 몹시 매력적이라서, 볼 때마다 가슴이 어질어질 흔들리니까 좀 봐줬으면 좋겠다.

이쪽은 네 아버지에게 반하지 않았다고 단언해버렸단 말이다.

"……뭐, 받을 수 있는 건 받을게. 그리고 일단 물어보고 싶은데, 밀스타의 화보 촬영이라면 다른 두 명도 오는 거야?"

"응."

"밀스타 세 사람과 프라이빗 비치에서 놀다니, 열광적인 팬이 알게 된다면 나 제거당하겠다."

같은 맨션, 같은 층에 산다는 것만으로도 상당히 축복받은 몸임에도 가까이서 수영복까지 보게 되다니.

아무래도 전생에 셀 수 없이 많은 덕을 쌓은 모양이다.

"──둘만 가는 게, 좋았어?"

"어?"

"아니, 미, 미안. 아무것도 아냐. 먼저 갈게."

레이는 허둥지둥 내 집을 뛰쳐나갔다.

테이블 위에는 도시락이 우두커니 남아있었다. 아무래도 가방에 넣는 것조차 잊어버릴 정도로 동요했던 모양이다.

"하하, 레이도 참 덜렁거리긴…… 하하."

나는 내 뺨을 손바닥으로 때렸다.

피부와 피부가 부딪치는 경쾌한 소리가 울리며 얼얼한 통증이 퍼졌다.

전부 이 아픔 때문이다. 뺨이 뜨거운 건, 붉어진 건 전부 아프기 때문이다.

나는 절대 두근거리지 않았다.

————무리순가.

"아이돌은 굉장히 굉장하네."

어휘력의 편린도 느껴지지 않는 문장이 입 밖으로 새어 나갔다.

나는 마음속 깊은 곳에 움튼 작은 감정의 싹에서 눈을 돌렸다.

지금의 나는 이 싹에 이름을 붙일 수 없다.

붙여버리면 더는 무시할 수 없게 된다. 이 감정을 키우고 싶어진다.

다 자라고 나면 그건 분명 나를 고통스럽게 만든다.

내 인생은 더 평온한 게 좋다.

"어디, 이걸 어떻게 학교에서 건네줘야 하나."

일부러 혼잣말을 중얼거리면서 감정을 리셋했다.

내 도시락과 레이의 도시락을 가방에 넣은 뒤 구운 식빵을 입에 물었다.

―――요즘 생각하는 게 있다.

이대로 계속 레이와의 관계를 유지하다 보면 일하지 않는다는 내 인생 목표를 달성할 수 있는 게 아닐까.

하지만 이건 그냥 편의주의적인 망상이다.

레이 같은 연예인과 나 같은 일반인은 아무리 발버둥 쳐 봤자 급이 맞지 않는다.

언젠가 헤어질 때가 온다.

어린 시절의 꿈을 기억해냈다고 해도, 전업주부가 된다는 목표는 달라지지 않았다.

언젠가 나는 이상적인 여성을 찾아내고, 레이는 아이돌을 그만두는 때가 온다.

말하자면 이건 기간 한정.

그러니 적어도 기한이 오는 그 순간까지는 레이의 버팀목이 되고 싶다.

그녀의 평온을, 그 광채를 지키기 위해.

"……응?"

방에서 나가려고 한 나는 신발을 신으며 주머니 속 스마트폰의 진동을 느꼈다.

아무래도 누군가가 메시지를 보낸 모양이다.

그 자리에서 비밀번호를 입력하고 발신인과의 대화 화면을 열어보았다.

상대방의 이름은—— 니카이도 아즈사.

그리고 내용은 다음과 같았다.

『이번 주 토요일에 같이 밥 먹으러 가지 않을래? ……수족관에서 오토사키와 같이 있었던 이유를 듣고 싶어.』

——어라. 냉방 너무 센 거 아닌가?

그런 착각이 들 정도로 강렬한 오한이 등을 타고 올라왔다.

몸은 순식간에 싸늘해졌는데 어째서인지 땀은 끊이지 않고 계속 흘렀다.

아무래도 나는 조금 더 일해야만 하는 모양이다.

이런 남자에게 마음을 연 모 인기 아이돌을 위해.

"하아……, 젠장."

나도 모르게 욕이 나왔다.

내 인생은 더 **평온했으면 좋겠다.**

번외편   ★ 보물

I don't want to work for the rest
of my life, but my classmates'
popular idol got familiar with me.

내 이름은 히도리 카논.

퍼펙트 미소녀인 이 몸은 고등학생이면서도 국민적 인기를 누리는 아이돌로서 활동하고 있다.

이미 일반인의 길에서 벗어난 존재——라고 말하고 싶지만, 나는 오늘도 평범하게 학교에 갔다.

"앗, 카논 좋은 아침!"

"좋은 아침!"

복도에서 마주친 친구와 합류해서 교실로 들어갔다.

그러자 안에 있던 같은 반 아이들이 일제히 나에게 시선을 보냈다.

"히도리! 어제 뮤직 스테이지 봤어!"

"나도 봤어! 신곡 의상 장난 아니게 예쁘더라!"

눈을 빛내면서 다가오는 반 아이들 앞에서 나는 웃었다.

"정말?! 고마워!"

TV에 나온 다음 날은 대체로 이렇다.

이렇게 주목을 받는 건 딱히 싫지 않지만, 이렇게 주목을 받는 탓에 나는 학교에서도 밀피유 스타즈의 '카논'이어야만 한다.

새삼 그게 힘들지는 않다.

하지만 뭐, 가끔 피곤한 건 사실이다.

내가 다니는 학교는 제법 편차치가 높다.

레이가 다니는 학교와 별 차이가 없었던 걸로 기억한다.

아이돌로 활동하면서 학업도 소홀히 하지 않는다는 건 어렵게 느껴지지만, 나는 문제없이 소화하고 있다.

물론 전교 순위 한 자릿수에는 들어가지 못하지만, 그래도 정기고사 때마다 붙는 순위표 끄트머리에 이름이 올라갈 정도로는 공부도 잘한다.

참고로 레이는 입학 당시에 비해 서서히 성적이 내려가고 있다고 한다.

그만큼 아이돌 활동에서 커다란 성과를 거두고 있으니 불만은 없지만, 조금 잔소리를 해야겠다.

학교 수업은 늘 성실하게 듣는다.

연습으로 시간을 쓰는 만큼 내 주요 공부 시간은 이 수업 시간이다.

여기서 최대한 완벽하게 해두고, 암기할 게 많은 교과는 이동 시간이나 로케 촬영 사이사이에 머릿속에 쑤셔 넣는다.

그걸로 어떻게든 되는 걸 보면 역시 나라니까.

"카논의 도시락은 매번 예쁘고 귀여워."

"어?"

점심시간.

평소에도 내 주변에서 점심을 먹는 친구가 도시락을 살펴보며 그렇게 말했다.

"직접 만든 거지?"

"응, 그렇지. 나는 살이 잘 찌거든."

"뭐어? 전혀 안 그래 보이는데."

안타깝게도 거짓말이 아니다.

확실히 물만 마셔도 살이 찐다거나 하는 수준은 아니지만, 레이와 미아에 비해 살이 잘 붙는 건 틀림없다.

기왕 찔 거면 가슴으로 가 줬으면 좋겠는데, 어째서인지 매번 엉덩이로 가는 느낌이다.

그래서 내가 만드는 도시락은 탄수화물의 비중을 줄이고 닭고기와 채소가 메인이다.

조금 맛이 심심한데다 더 든든하게 먹고 싶은 날도 있지만, 나중에 고생한다는 걸 알고 있으니 이게 낫다.

평소 참는 만큼 그 애들과 먹는 밥이나 '그 녀석'이 만들어주는 밥이 맛있게 느껴지니 그런 때는 이득이라고 생각한다.

"대단해라……. 바쁠 텐데. 나는 시간이 남아도는데도 전부 남에게 맡기는걸……. 아아. 나도 여자력 키우고 싶어!"

"……여자력 말이지."

"응? 왜 그래?"

"아니, 아니야."

사실 요즘 여자력이라는 단어에 민감해졌다.

전부 '그 녀석' 때문이다.

그 녀석이 만드는 요리에 비교하면 역시 레벨이 낮다.

뭐, 원래 나는 굽거나 끓이거나 하는 게 전부였고, 무슨 요리가 특기냐고 물어본다면 카레나 야키소바라고 대답하는 인간이지만 그렇다고 해도 왠지 분했다.

요즘은 남자가, 여자가 하는 건 상관없는 시대가 되어가고 있지만 일본 여자로서 동갑내기 남자에게 요리로 패배한다는 건 내 자존심이 허용해주지 않는 모양이다.

──그렇다고 연습할 시간은 없지만.

더불어 그 녀석만큼 요리에 쏟을 열정도 없으니 여기선 순순히 포지션을 양보해야 하나.

어쩌면 이게 내가 느낀 첫 좌절인 건지도 모른다.

"하아……. 응?"

그때 주머니에 넣어두었던 스마트폰이 울린 걸 깨닫고 화면을 켰다.

'그 녀석' 생각을 하고 있을 때 '그 녀석'에게서 연락이 오다니, 왠지 묘한 느낌.

뭐, '그 녀석'에게서 연락이 왔다는 건 분명 보통 일이 아닐 테니까 이 어여쁜 카논 님께서 빨리 대답해주기로 할까.

"미아 선배! 이거 드셔주세요!"

"……."

안뜰을 걷고 있던 나에게 후배 여자아이가 포장지에 싼 쿠키를 내밀었다.

이번 주는 이걸로 두 번째.

밀피유 시스터즈의 미아로서 활동하는 나, 우가와 미아에게는 이런 이벤트가 심심찮게 발생한다.

왕자님 캐릭터를 팔아먹는 몸으로서는 여자아이에게서 인기를 끄는 건 이상적인 모습이라 할 수 있다.

하지만…….

"미안해, 선물은 직접 받을 수 없거든. 번거로울지도 모르지만 가능하면 사무소를 통해줄 수 있을까?"

"아…… 그렇군요."

내 눈앞에서 노골적으로 실망하는 여자아이.

이런 모습을 보면 역시 마음이 아프다.

다만 여기서 후배의 선물을 받아버릴 경우, 다른 사람의 선물도 받지 않으면 불공평해진다.

그리고 그 선물 속에 나에게 위해를 주는 무언가가 섞여 있다고 해도 나는 그걸 눈치채지 못한다.

그래서 사무소를 통할 필요가 있다.

"……모처럼 만들어줬는데 미안해."

"괘, 괜찮아요……! 제가 마음대로 만들어온 것뿐이니까요……!"

"……."

어쩔 수 없지.

만약 완전한 타인이었다면 절대로 안 하지만, 이 아이는 나와 같은 학교에 다니는 귀여운 후배다.

소소한 팬서비스는 관대하게 넘어가 주겠지.

"받지 못해서 미안해. 하지만 무척 기뻐."

"힉……!"

나는 후배의 귓가로 입을 가져가 속삭였다.

그리고 그 귀여운 머리를 살며시 쓰다듬은 뒤 그 자리를 뒤로 했다.

자만도 뭣도 아니고, '미아'의 팬은 내가 이렇게 하면 기뻐해 준다.

사죄라고 하기에는 조금 부족할지도 모르지만, 지금은 이걸로 참아주길 바랄 수밖에.

후배와 헤어진 나는 그대로 매점으로 향했다.

야키소바빵 두 개와 푸딩을 하나 사서 교실로 돌아갔다.

사실은 더 먹고 싶지만 나는 대식가 캐릭터가 아니므로 이런 부분에서도 신경을 써야만 한다.

사람에 따라서는 환상이 깨질지도 모르니까.

내 자리는 창가 쪽 뒤에서 두 번째.

나는 항상 여기서 점심을 먹는다.

같이 먹는 사람은 없다.

전에 같은 반 아이와 함께 점심을 먹으려고 권유했을 때는 황송하다면서 거절당하고 말았다.

다른 사람들도 같은 의견이었던 건지 다들 식사하는 나를 멀리서 바라보기만 한다.

이건 이거대로 불편하지만, 아이돌이 된 폐해라고 생각하면 자연스럽게 받아들일 수 있었다.

다들 나를 밀피유 스타즈의 '미아'로서 본다.

'어쩔 수 없는 일이지만······.'

역시 혼자 먹는 밥은 조금 맛이 없다.

이미 익숙해지긴 했어도 조금 쓸쓸하다고 느끼는 것 또한 어쩔 수 없는 일이겠지.

"응······?"

불현듯 책상 위에 올려놓았던 스마트폰이 진동하자 나는 액정으로 시선을 내렸다.

아무래도 '그'의 연락인 모양이다.

그다운 내용인 메시지를 읽고 무심코 웃음이 나왔다.

내용을 보아 분명 카논에게도 보냈을 게 틀림없다.

아무래도 오늘 저녁 식사는 떠들썩해질 것 같다.

"이걸로 끝."

나는 대량의 닭튀김을 접시에 담은 뒤 그렇게 중얼거렸다.

이것 말고도 부엌에는 수많은 요리가 놓여 있었다.

돼지고기 생강구이, 크루통을 뿌린 양상추 샐러드.

마파두부, 생선조림.

통일성이라는 단어를 깡그리 무시한 라인업이었다.

왜 이렇게 되었냐면, 전부 내가 나를 제어하지 못했기 때문이다.

역 앞 슈퍼에서 초특가 세일을 하는 바람에, 나는 지금 사지 않으면 손해라는 생각에 닥치는 대로 재료를 사들이고 말았다.

그랬더니 냉장고가 꽉 차버려서 최악의 경우 재료가 썩게 만들 위기에 빠지고 말았다.

전업주부를 목표로 삼은 자로서 중대한 사태라는 건 틀림없다.

그래서 오늘은 가끔은 사치를 부려도 되지 않겠냐는 생각에 대량의 재료를 한꺼번에 소비하기로 했다.

딱 봤을 때 접시 위에 담긴 요리만으로도 10인분에 가까운 수준.

나라는 남자 고등학생의 위장으로도 기껏해야 2, 3인분이 한계일 것이다.

압도적인 위장의 소유자인 레이가 있어도 5인분을 넘어가면 힘들 터.

따라서 나는 아무리 해도 남아버리는 양을 소화하기 위해 그녀들의 힘을 빌리기로 했다.

아마도 국민 아이돌인 밀스타 멤버를 이런 식으로 이용하는 건 전국을 뒤져도 나뿐일 거다.

하지만 나에게는 필요했다.

그 바닥을 알 수 없는 위장들이——.

"다녀왔어."

"실례할게."

"실례합니다."

호랑이도 제 말 하면 온다더니, 녀석들이 오늘 연습을 마치고 돌아온 모양이다.

"오냐, 어서 와라. 이미 밥 다 됐으니까 손 씻으면 소파로 와서 앉아."

"연락을 받았으니까 왔지만, 정말로 우리도 먹어도 괜찮은 거야?"

"그래. 메시지에 적은 대로 나와 레이 둘이선 도저히 다 먹을 수 없거든. 오히려 제발 먹어줘."

"그런 거라면…… 염치 불고하고 그럴까. 나는 네 요리를 먹을 수 있다는 것만으로도 만족이야. 오히려 대환영이지."

"그렇게 칭찬해줘도 밥밖에 못 준다."

"후후, 충분해."

손을 씻은 세 사람은 그대로 소파에 앉았다.

그리고 나는 말 그대로 산더미처럼 만든 요리를 세 사람 앞에 있는 테이블에 올려놨다.

"훌륭하게 종류가 제각각이네."

"싸게 파는 걸 닥치는 대로 샀더니 이렇게 됐어. 못 먹는 거 있으면 안 먹어도 돼."

"그 점은 괜찮아. 못 먹는 거 없으니까."

카논의 대답에 다른 두 사람도 고개를 끄덕였다.

참으로 착한 아이들이로구나.

"전부 맛있어 보여."

"전부 맛있을 자신 있어."

실제로 간을 봤을 때 맛있었다.

"흰 쌀밥은?"

"일단 지어놨어. 필요에 따라 퍼줄게."

나한테는 먹을 여유가 없을 테지만 이 녀석들이라면 괜찮겠지.

특히 레이는 쌀밥이라면 환장하니까.

"그럼 잘 먹겠습니다."

레이가 손을 모아 인사한 것을 시작으로 미아와 카논도 손을 모은 뒤 요리를 먹기 시작했다.

바로 쌀밥을 원한 레이를 위해 부엌으로 향하자 남은 두 사람도 겸사겸사 달라는 양 밥그릇을 내밀었기에 결국 세 사람이 먹을 밥을 퍼서 돌아오게 되었다.

뭐, 그만큼 밥이 당기는 맛이 나왔다고 볼 수 있겠지.

역시 다른 사람이 내가 만든 걸 신나게 먹는 모습을 보면 조금 안심이 된다.

"마시써."

"다행이네."

밥을 입에 가득 집어넣어서 볼이 빵빵해진 레이를 보면 정말로 맛있어한다는 게 느껴져서 더욱 기뻤다.

요즘은 레이의 입맛도 완벽하게 파악해가고 있다. 이번에도 기본적인 간을 레이의 취향에 맞췄다.

이런 편애는 내 고용주인 레이에게 제공하는 당연한 우대다.

"저기, 린타로. 너 요리한 지 몇 년 정도라고 했더라?"

"중학생 때부터니까 벌써 4, 5년 정도가 되나."

"그동안 매일?"

"그래. 어디 아플 때 빼곤."

"……그래. 그럼 잘할 만 하네."

카논은 어딘가 후련해진 듯한 표정을 짓더니 다시 밥을 먹기 시작했다.

"뭐야. 갑자기 그런 걸 물어보고."

"그냥. 내 안의 답답함이 날아간 것뿐이니까 신경 쓰지 마."

"……?"

카논이 하는 말은 이해할 수 없었지만, 적어도 긍정적인 이야기라는 건 틀림없는 듯했다.

자세한 사정이 궁금하지 않다면 거짓말이나 이미 해결된 문제라면 억지로 물어볼 필요도 없다.

"새삼 느끼는 거지만 린타로는 참 대단해."

"응? 너마저 갑자기 뭐야?"

"자만일지도 모르지만, 우리를 대하는 사람들은 굉장히 저자세로 나오거나 위축되어서 움츠러들거나 둘 중 하나가 많은데……너는 매번 평소처럼 대하니까."

"딱히 아무것도 안 느끼는 건 아닌데?"

"그래?"

"애초에…… 아마 처음에 이 녀석을 만나지 않았다면 미아와 카논과 만나지도 못했을 거니까. 나름 다양한 인연에 고마워하면서 대하는 중인데."

나는 테이블 위에 놓인 티슈를 한 장 뽑은 뒤 그걸로 레이의 입가에 묻은 소스를 닦았다.

내가 하는 대로 가만히 있는 레이를 보고 있으면 역시 인기 아이돌이라는 생각이 통 안 든단 말이지.

하지만 이 녀석 덕분에 나는 미아나 카논과 대화하는 동안에도 위축되지 않을 수 있다.

"음…… 하지만 쪽팔리니까 말하기 싫었는데, 일단 매번 긴장은 하고 있거든? 지금도 남자는 나밖에 없고……. 그야 뭐, 완전히 평소와 같을 수는 없어."

"……흐음, 그렇단 말이지?"

솔직하게 내 본심을 토로하자마자 미아는 유쾌하다는 듯 웃으면서 내 얼굴을 들여다보았다.

으음, 말하지 말 걸 그랬나.

"그래, 그렇구나. 린타로는 우리와 대화할 때 긴장하는구나."

"오? 뭐야 너, 귀여운 구석도 있잖아?"

골치 아픈 게 하나 더 늘었다.

미아와 카논은 똑같은 표정을 지으며 나를 몰아세웠다.

좋지 않은 연료를 투하하고 말았다.

나는 두 사람에게서 최대한 거리를 벌리면서 도움을 요청하는 눈으로 레이에게 시선을 보냈다.

그러자 그녀는 소리 내어 밥그릇을 내려놓아 미아와 카논의 움직임을 막았다.

"둘 다 착각하고 있어."

"뭐, 뭐야, 갑자기……."

"린타로는 항상 귀여워."

——얘 뭐라는 거냐?

"특히 자는 얼굴. 나도 모르게 사진 찍어서 린타로와 쓰는 채팅방에 벽지로 깔았어."

"너 뭐하는 거야?!"

레이가 보여준 화면에는 그 말 그대로 잠옷을 입고 침대에 널브러져 자는 내 얼굴이 설정되어 있었다.

기본적으로 내가 더 일찍 일어나는데 언제 찍은 거지?

"이 모습을 찍으려고 나는 린타로가 일어나는 것보다 더 일찍 알람을 설정해서 방에 잠입했어. 일찍 일어나는 건 힘들었지만 성과는 굿."

"너 아니었음 경찰에 신고했을 거다."

"여벌 열쇠가 있으니까 어쩔 수 없어."

그건 그렇지만, 그런 문제가 아니라는 걸 큰소리로 외치고 싶다. 아마 귀담아듣지 않을 테니까 말 안 할 거지만.

"잠깐, 뭐야 그거! 나한테도 보내라고!"

"나도 갖고 싶어. 독점하다니 치사하잖아."

그리고 이 녀석들은 왜 내 자는 얼굴을 원하는 건데.

"안 줘. 이건 내 보물."

"무슨······! 그렇게 나온다면 나도 억지로 뺏을 거야! 미아! 도와!"

카논은 벌떡 일어나더니 레이의 뒤로 가서 겨드랑이 밑에 팔을 집어넣어 구속했다.

마찬가지로 자리에서 일어난 미아가 정면에서 레이의 스마트폰으로 손을 뻗었다.

"미안해, 레이. 하지만 우리는 일심동체잖아? 보물은 공유해야지."

"싫어, 아무리 두 사람이라고 해도 못 줘."

"어쩔 수 없네……. 그럼, 역시 빼앗아야지."

"윽……!"

미아가 레이의 옆구리에 손을 올렸다.

그러자 레이의 입에서 목소리가 새어 나가더니 간지러움에서 도망치기 위해 몸을 비틀었다.

"빨리 보내지 않으면 더 세게 간다?"

"시, 싫어…… 안…… 보내…… 웃."

레이의 목소리가 점점 간절해지자 나는 무의식중에 고개를 돌렸다.

건전한 상황일 텐데도 어째서인지 보면 안 되는 느낌이 든다.

뭐, 타깃이 나에게서 레이로 넘어간 것만으로도 다행으로 치자.

그렇게 스스로를 타이르며 나는 내가 만든 닭튀김을 입에 넣었다.

훗날, 패배한 레이가 내 사진을 밀스타 내부에 유포했지만 그걸 알게 되는 건 한참이 지난 뒤였다.

오토사키 레이

우가와 미오

히도리 카논

Millefeuille
Stars

후기

처음이신 분은 처음 뵙겠습니다, 키시모토 카즈하라고 합니다.

이번에 이 책, 「평생 일하고 싶지 않은 내가 같은 반 인기 아이돌의 눈에 들면」을 읽어주셔서 대단히 감사합니다.

간단히 이 작품을 쓰려고 한 계기부터 적으려고 하는데, 작가의 머릿속엔 관심이 없다는 분은 아무쪼록 가차 없이 스킵해 주세요.

먼저 아이디어를 떠올린 계기는 인기 아이돌과 비밀 동거 생활 너무 좋지 않아?! 라는 갑작스러운 감정이 치밀어오른 것을 꼽을 수 있을 것 같습니다.

들키면 대대적인 스캔들이라는, 남자라면 수많은 사람이 상상했을 법한 꿈 같은 시추에이션.

현실에서 그렇게 되려면 아마도 터무니없는 고생이 필요해지겠죠.

하지만 창작 세계라면 쉽게 이룰 수 있는 법!

즉 이 작품은 제가 읽고 싶어서 썼습니다.

상당히 열의를 담았다는 자신이 있고, 세세한 부분까지 담당자님과 여러 번 상의하면서 맞추고, 결과적으로는 잘 다듬어진 물건이 나오지 않았나 합니다.

그건 그렇고, 일러스트 너무 과하게 예쁘지 않나요?

처음 캐릭터 디자인을 받았을 때 이 작품의 일러스트레이터는 신이라고 생각했습니다.

제가 상상하던 레이와 카논, 미아가 거기 서 있어서 진심으로 놀랐죠.

밀스타 삼인방은 특히 마음에 드는 캐릭터들이었는데, 비주얼을 확립해주신 덕분에 제 안에서 세 사람의 존재가 한층 강해졌습니다.

앞으로도 밀스타 세 사람의 매력을 부족함 없이 전해드릴 수 있다면 좋겠다고 획책하고 있습니다.

그러기 위해서도 부디 이 책을 많은 독자 여러분께서 읽어주셨으면 좋겠습니다.

응원해주실수록 작가는 점점 강해집니다. (SNS에서 영업, 팬레터 등 뭐든 모집하고 있습니다.)

마지막으로, 먼저 오버랩 웹소설 대상에서 수상했을 때부터 함께 발을 맞춰주고 계시는 담당자님.

저도 모르게 한숨이 나올 만큼 미려하고 귀여운 일러스트를 붙여주신 미와베 사쿠라 선생님.

그리고 이 책을 읽어주신 독자 여러분께 크나큰 감사를 드립니다.

그럼 2권에서 또 만날 수 있기를 기도하며————.

ISSHOHATARAKITAKUNAIOREGA,KURASUMEITONODAININKIAIDORUN
INATSUKARETARA Vol.1

평생 일하고 싶지 않은 내가, 같은 반 인기 아이돌의 눈에 들면 1

2023년 11월 15일 1판 2쇄 발행

저　　　자 키시모토 카즈하
일 러 스 트 미와베 사쿠라
옮 긴 이 현노을
발 행 인 유재옥
사 내 이 사 조병권
본 부 장 박광운
담당편집 정영길
편 집 1 팀 박광운
편 집 2 팀 정영길 조찬희 박치우 정지원
편 집 3 팀 오준영 이해빈 이소의
미　　　술 김보라 박민솔
라이츠담당 김정미 맹미영 이윤서
디 지 털 박상섭 김지연 윤희진
발 행 처 ㈜소미미디어
인쇄제작처 코리아피앤피
등　　　록 제2015-000008호
주　　　소 서울 마포구 토정로 222, 403호(신수동, 한국출판콘텐츠센터)
판　　　매 ㈜소미미디어
마 케 팅 최원석 최정연 박수진 박소연
물　　　류 허석용
전　　　화 편집부 (070)4164-3962, 3963 기획실 (02)567-3388
　　　　　　 판매 및 마케팅 (070)4165-6888, Fax (02)322-7665

ISBN 979-11-384-1684-9 04830
ISBN 979-11-384-1683-2 (세트)